吾家有美

杨政题

罗鸿◎著

成都时代出版社
CHENGDU TIMES PRESS

图书在版编目（ＣＩＰ）数据

吾家有美 / 罗鸿著 . -- 成都 : 成都时代出版社，
2017.12
ISBN 978-7-5464-2017-2

Ⅰ . ①吾… Ⅱ . ①罗… Ⅲ . ①散文集 - 中国 - 当代
Ⅳ . ① I267

中国版本图书馆 CIP 数据核字 (2017) 第 316265 号

吾 家 有 美
WUJIA YOU MEI

罗 鸿 著

出 品 人　石碧川
责任编辑　李卫平
责任校对　李　佳
装帧设计　梁　曌
责任印制　唐莹莹

出版发行　成都时代出版社
电　　话　（028）86742352（编辑部）
　　　　　（028）86615250（发行部）
网　　址　www.chengdusd.com
印　　刷　四川金邦印务有限公司
规　　格　145mm×210mm
印　　张　7.5
字　　数　160 千
版　　次　2017 年 12 月第 1 版
印　　次　2021 年 3 月第 2 次印刷
书　　号　ISBN 978-7-5464-2017-2
定　　价　35.00 元

序

应似飞鸿踏雪泥

◎王国平

对罗鸿而言，即使不热爱文学，不写那些让她揪心、伤心、痛心或开心的文字，她也有一百种理由生活得更好。

比如，罗鸿不需要靠文学吸粉。著名作家马及时曾经数次忧伤地站在都江堰大道上，看着花枝招展的美女们熙来攘往，然后在心里比较了107遍后，非常肯定地说："罗鸿是都江堰'第一女背影'。"大家试想，都第一女背影了，那粉丝还少得了吗？反倒是爱上文学，进了作协，一个二个全是老师，就连比她小15岁的董柳，她有时候都不得不放低1.72米的身段，尊称一声"董老师"。背影优势在此简直荡然无存。因为对都江堰的作家们而言，他们心中最美的背影是一个叫朱鸿钧的人。对了，此人有个儿子，大家可能都知道，他的名字叫朱自清。罗鸿有时想想都冤，搞了半天，自己反倒成了粉丝，不仅没有吸粉，反而倒贴了不少粉丝资源。

比如，罗鸿不需要靠文学娱乐。因为对罗鸿而言，她的娱乐方式太多了。作为名震牌坛的"罗一刀"，她曾经因善打三家而杀遍坊间无敌手，以至于连九段高手何民很长时间都不敢轻撄其锋；作为声震乐坛的"麦霸"，她貌似唱烂过话筒（或许是摔坏的）；作为一名资深的好"摄"之徒，她的相机已被蹂躏得罢工多年。一个人兴趣广泛到如此程度，只有余理梅同学可以与她相见恨晚，惺惺相惜，她的业余生活怎么可能枯燥？后来，罗鸿一不小心成为作协会员，命运开始出现惊天逆转，曾经雄视麻坛的辉煌时代提前 N 年结束，每次清扫战场，她都非常认真地数钱，一张一张地，缓慢地数，因为她一定要数清楚：今天究竟又输了好多钱？即使输了，也要当个明白人。而她自己一直很满意的歌喉，除了吃饭喝水之外，已经被闲置很久，就像一个被打入冷宫多年的女人，除了吃吃喝喝和默默生锈之外，它别无选择。至于照相嘛，干脆还是忘记吧，因为作协里的摄影家比较多，如春苹、万鸿、林琳、志伟、崔巍……

比如，罗鸿不需要靠文学来繁衍作品。首先，她自己就是父母最满意的佳作之一，还有一件是她妹妹。退一万步说，就算她把父母气得吐血，父母看着她的眼神依然是一脸陶醉和慈爱。况且她也有自己最满意的作品——儿子。当然，还有她老人婆送给她的另一件作品——老公，至于售后服务嘛，那是她的秘密，外人无法解读。很不幸的是，她后来又患上了文学的"病"。从此，罗鸿就只有表面上疏远自己的父母，冷落自己的老公，敞放自己的儿子。当然，她不是不爱他们，她只是换了一种方式去爱，用文字去爱。此时，我们不妨打开自己想象的翅膀，遥想某个更阑人静的夜晚，罗鸿一家人围坐在一起，吃着冷饭，喝着冷水，住着冷宫（当然，这个夏天住在冷宫里也是一件很奢侈的事），但是家人们只要一看到罗鸿的文字，心头马上就会涌起一股暖流。

尽管罗鸿在读书的时候，就已经开始写东西了，但是就算她做了一百个梦，也从来都没有梦到过自己有一天会跟文学发生一点关系。那么，是什么导致了罗鸿的命运逆转呢？

我以为，是文学。因为文学的魔力太大了，打个要不得的比方，搞传销的人，赚到钱了，也知道抽身出来享受。而热爱文学的人就不一样，明明知道这是一条"不归路"，却依然无怨无悔，一条道走到黑。我身边就有好些这样的朋友，对文学的爱与痴迷，始终就像初恋一样投入与狂热。

在此，我觉得有必要用历史学的方法或者统筹学的方法来梳理一下罗鸿是怎样走上文学这条"不归路"的。

罗鸿生于南充，虽然这是一个不大的地方。但是嘉陵江水却在这片土地上孕育了许多了不起的人才，比如古代的司马相如、陈寿、落下闳、谯周、尹枢，比如当代的李一清、魏继新、瘦西鸿、陈新、彭志强、彭家河、郑小琼……再打个不恰当的比方：罗鸿就算没有吃过猪肉，也见过猪走路。她就算没有见过这些名人，至少也读过他们的作品。

再后来，更遗憾的事发生了，罗鸿在最青春的年华，认识了一些不该认识的人。比如，她不该在某次批阅卷子的时候，认识了同是语文教师的飞师（陈洪飞）。而飞师也不该在教书的时候，恰巧遇到了马及时入选《语文》教材的散文《王几何》，而马及时正好是都江堰市作家协会主席。后来，飞师加入了作协。再后来，在作协年会上，飞师又神差鬼使地喊上了罗鸿……于是，缘分就像一根看不见的绳子，东弯西绕，将罗鸿引进了文学圈。

然后，罗鸿心中的那一堆死灰就开始复燃。她在鸟语花香的蒲阳中学办公室里，开始做起了"白马王子"的梦。当然，她也知道，骑白马的不一定是王子，也可能是唐僧。

然后，就有了这本散文集。

吾虽不才，却也一直向往那些美好的事物。因此多年以来，我至为喜欢苏东坡的一句话：应似飞鸿踏雪泥。那么，我写下的这些文字，就算作罗鸿在雪泥上踏下的足印吧。

王国平 (1976—)："70后"代表诗人、著名作家。四川江油人。出版作品十余部，其中《南怀瑾的最后100天》连续5周蝉联当当网全国畅销书排行榜冠军，荣登2014中国北京书市销量榜首，与《之江新语》等一起被评为全国十大优秀畅销书。策划发起中国田园诗歌节，参与创办《芙蓉锦江》。作品曾获四川省"五个一工程"奖、四川文学奖、四川省人民政府社科奖、金芙蓉文学奖等。现居四川都江堰，系中国作家协会会员、中国诗歌学会理事、四川省作家协会全委会委员、省作协报告文学委员会（非虚构）委员、巴金文学院与成都文学院签约作家、《芙蓉锦江》副主编、《都江堰文学》执行主编、奎光书院院长。

目录

CONTENTS

第一辑 故园东望路漫漫

蛾 眉 豆

在我的家乡，扁豆被唤作蛾眉豆。我很喜欢这个名字，《诗经·卫风·硕人》里说"蝤首蛾眉，巧笑倩兮，美目盼兮"，蛾眉豆的叫法是不是源于这句诗呢，或许是我一厢情愿地牵强附会，但蛾眉豆的美好也真如女子的秀眉，能唤起人们无限美好的遐思啊。

农历二三月，或清晨，或黄昏，或炊烟袅袅的晌午，农妇一手持着小铁锹，另一只手将深蓝的围裙兜着，无须兴师动众，也无须劳神费力，她们在墙角根，在菜园子里，寻找着那巴掌大的剩余的地儿，一锹下去，或湿润或干燥的土地张开一道小口，农妇随意撒进去几粒蛾眉豆种子，再盖上泥土。从此，她会将这豆子遗忘好久。

直到初夏的风阵阵袭来，田野里的农作物发疯似的拔节、抽穗，铺天盖地的绿意荡漾开，那蛾眉豆苗早已经张开手掌大的绿叶，舒展出细长柔韧的藤蔓。农妇会找出房前屋后那些被遗忘的木棍、竹枝，任意一番扦插，竟然也成了整齐朴素的篱笆，那蛾眉豆的藤蔓便有了依靠。不久，一穗穗白色、紫色的花嘟噜着竞相开放，仿佛在毫无遮掩地表白着渴望丰收的心情。

大约没有一种农作物像蛾眉豆这般生命力旺盛，我的家乡，人们把这种特征唤作"贱"，这个"含义深重"的贬义词一旦从那朴实的乡音里发出，竟然也这般招人喜爱！所谓的"贱"就是一种谦卑，一种朴实，一种无须关照也要殷切回报的生命力啊。不到秋天，那藤蔓上挂着的，篱笆上托着的，叶片旁掩映的，那一串串沉甸甸的不就是蛾眉豆？！没有人不是发自肺腑地喜欢这累累的豆荚！弯弯的，蛾眉一样的豆荚，有绿色的，紫色的，温润如玉，一伸手，就摘一大捧，独特的香气沁人心脾。无论是煸炒、蒸煮，或荤或素，都是极佳的下饭小菜啊！

记得汶川大地震后在板房里住过一年，那是人生的低谷期，看什么厌烦什么，却在一个九月的黄昏里忽然轻松释怀。那天，如血的夕阳正给一大片白色的板房群镀上金光，我沉重地走在路上，所谓回家，其实就是从学校的板房区走到社区的板房区。这个城市，灾难过后，水泥废墟成片，白色板房成片，不知道这样的生活会持续到什么时候，只觉得前路一片茫然。转过路口那间小卖部的板房，就到家了，心情却依旧黯然。

　　"小妹妹，拿点扁豆回去煮！"这是一个略显苍老却中气十足的声音，十分温暖、热情，我似乎被感染了。围墙边上，一位六十开外的婆婆笑眯眯地望着我，手里拿着个筲箕，里面装着满满的蛾眉豆，饱满的豆荚如同洋溢着笑意的眉眼。我从未和她说过话，那个时期里我甚至不会主动招呼任何人，其实每天清晨都看她在侍弄着围墙边上这一溜地呀。我停下脚步，冲她笑笑，不禁伸手去拨弄那豆荚，多么招人喜爱的蛾眉豆！那个黄昏，老婆婆的白发和墙角的蛾眉豆都沐浴在夕阳的余晖里，一切，精神抖擞，还异常美丽。

　　我是深爱着这蛾眉豆啊！九月，当它馥郁的清香在不起眼的墙角热烈地铺散开时，我想起了故乡，想起那些在路上遇见过的朴实善良的人……

——写于 2015 年 9 月

致命的六百元

一

紫红的砂岩堆积成的高山下，一片干涸的冬水田里，只有衰草在风中抖动，旁边种着细弱的小麦，长势缓慢。

在我的家乡，过年是最热闹的时候，短暂而喧腾的场景就像小孩们燃放的烟花，在空中一阵轰然爆裂后，更多的是沉寂，直到下一个春节。

眼下，到处看不见一个人，树叶渐渐绿得深了，鸟儿叽叽喳喳飞过来，伸着嘴到处啄食。风大的时候，屋顶的"瓦片"被吹得哗哗直响，鸟雀们就呼的一声惊飞上天。

舅妈一个人生活多年，在这个如今只剩下老年人的村子里，她的身体还算健康。她常常自言自语："不拖累子女，不给旁人添麻烦，就是最好的事了。"

白天，她总要抬头往屋顶上看，屋顶瓦片的响声让她十分不安，瓦楞缝里透出的阳光分外刺眼，依稀有"那个塑料袋"的影子；夜里，却仿佛有一块尖锐的石子在心里硌着，她翻来覆去睡不着，睁眼看屋顶，漆黑的夜里只有一片寂静。

这份不安来源于半个月前。

那是一次赶集时，一个卖蛋的老大姐说，山那边的村里，晚上有贼娃子大模大样地在屋里翻东西，没找到钱，就抓了两只鸡。舅妈吃惊地问怎么不拖根棍棒打？老大姐说，老两口都七十几的人了，哪敢动手，把老骨头赔上也不够。舅妈本想说可以找派出所，可转念再一想，乡里的派出所总共才几个人，太远的地方，哪里管得过来？

这份"管不着"戳破了她本就稀薄的安全感，自舅舅去世以后，遇到啥事，她都得自己扛。

匆匆回家以后，舅妈把枕头下掩着的六百元钱摸出，仔细数了两遍，叠好装进塑料袋，便要换个地方藏。她环顾着空荡荡的屋子，左边，陈旧的柜子上斑驳的漆面早已看不出本来的颜色，听说贼一进屋就会先翻枕头再翻衣柜，她不能把钱放那里；屋子另一头就是灶台，要是沾上火星就完了，钱不能搁那里；她打开碗柜，想把塑料袋压在油罐子下面，可塑料袋一搁上，油罐子就倾斜了……

舅妈在屋里从下往上瞅了几遍，目光最终落在屋顶上，没有贼会爬上屋顶，而瓦缝里正好有足够的空间。她把装钱的塑料袋又包了几层，把梯子挪过来，爬上梯子，把塑料袋小心翼翼地搁在瓦缝里，才长舒了一口气。

现在一吹风，舅妈又不踏实了，钱放那里合适吗？

这钱不能丢啊。

二

这是舅妈攒了几年才有的六百元钱。

五年前，她去小儿子打工的城市。那里到处是人，到处是车，高楼晃得人眼睛花，认不得路，吃喝拉撒，样样都要花钱。儿子说啥也不回来种地，媳妇原来在超市上班，生孩子后就不去了，一家三代人挤在出租房里，靠儿子当保安维持生计。

只有一间屋，靠窗的一角用来做饭，剩下的空间放下两张床后，晚上也仅够侧身路过。等儿子上班后，再把她睡的折叠床收起来，屋里才能稍微透口气。

每当小孙子睡熟，舅妈就揣个破旧的编织袋出门了，还不忘把门口靠着的一根木棍带上。太阳炙烤着大地，水泥路泛着白光，她走走停停，留意着路旁每一个垃圾箱，即使臭气熏天，她都会拿木棍拨弄翻捡着，找到矿泉水瓶、废纸板等东西，便一一捡起，塞进袋子。

时间长了，她也寻到了自己的"门道"。一家位于街口的大型超市门口，小广场上摆放着几排椅子，那里常常会有不小的收获。人们坐过的椅子上常常有空瓶子，有些人见她捡瓶子，会猛喝一口后把瓶子递给她，她就感激地对那些人笑笑。

有一次，一个小女孩把矿泉水瓶递给她后，回过头脆生生问道："妈妈，这个老婆婆是不是上学不认真，才来捡垃圾？"那母亲一阵尴尬，牵着女孩赶紧走了。

也有惊险的时候。一天，在车辆来往穿梭的路旁，她正拨开层层垃圾。一辆小货车路过，车窗里扔出一个空瓶子砸在她前方的垃圾桶上，只听嘭的一声，瓶子弹回去，滚落下来。她赶紧小跑过去，蹲下来按住那个瓶子。伴随着尖锐的刹车声响起，她看到一辆黑色轿车戛然停下，跟她不过一个瓶口的距离。

看到她站起身来，周围人舒了口气。一个黄头发的小青年摇下车窗，对她咆哮道："疯婆子，不要命了？"车子很快扬长而去，几个路人在指责小青年，有人拉住她问："没事吧？不要为个矿泉水瓶丢了命。"

那天，回家的路她仿佛走在棉花上，迈不开步子，每一步都小心翼翼。

有时候她也会迷路，各个十字街口看上去都差不多，一样的高楼大厦，一样的人来人往，头顶上，一样的灰蓝天空，她掏出一张皱巴巴的纸，上面有儿子写着的具体的街巷名字。

那个夏天，她卖了212.4元，是1869个瓶子和一些纸板的价钱。回来的前一晚，她把钱放到枕头下，回来的火车上，却发现钱被揣回了随身带的布包里。一定是媳妇放的，她想。

三

前年春节后，舅妈去大儿子那里待了一段时间。大儿子在一个城市郊区的 4S 店修车，店里缺个做饭的，舅妈就跟着去了。

离店不远的地方，一片围墙包围的空地上长满了草，看样子没人管，舅妈觉得那地松软肥沃，空着太可惜。做饭之外的时间里，她去农贸市场买了锄头和菜种，开了一片地，种上辣椒。

辣椒苗一天天长高，炒菜的时候，她摘几个辣椒，切碎了做调料，工人们吃得满头大汗，说这辣椒真好！

舅妈听得高兴，把菜地拓宽了，种了好几样菜，油菜、青菜、豌豆苗等。每天黄昏时候，她收拾好厨房的一切，就去菜地里转转，菜苗一天天长得茂盛，鲜嫩的枝叶在阳光下伸展，她渐渐把这里当成了家。

菜吃不完，她背着去集市上卖，每次都是一抢而空。城里人不种菜，却还是识货，看得出她卖的菜新鲜干净。有一次，她刚到集市搁下背篓，一个卖菜的小贩就过来把菜全买了，也不讲价，只称了斤两计算钱的总数。舅妈看他摊上也有辣椒和豆苗，忍不住问："买这么多菜做什么？"小贩说："自己吃。"舅妈困惑，"你自己也在卖嘛。"小贩耐着性子回答："那些可都是大棚里批发来的。"

可这幸福如此短暂，一天上午，舅妈听到机器的轰鸣声，几辆挖土机正在围墙里转悠。一路小跑着过去，她气喘吁吁地拦住挖土机，"这是我种的菜啊！你们怎么就给碾死了？"

"死老太婆你不要命了！你去找老板，这里都是他买下的！"开挖土机的司机嗓门很大，机器声音在田野里奔突着，盛气凌人。那些嫩绿的菜苗被碾压挤烂，绿色的汁液融入泥土；正在扬花的茄子苗，来不及长出茄子，已经连根倒在土里了。

大儿子和几个工人过来了，他们搀起她，扶她回去。"那地本来就不是我们的，是借给我们的，现在就算还他们了。"儿子说。

舅妈决定回老家种地，她把攒下的两千五百块钱包在纸包里，递给大媳妇："你们要在这里买房子，我也没能力支持，这是工资和卖菜的钱。"大媳妇接过钱，却啥也没说。

儿子送她上车，偷偷地给她塞了四百元钱。儿子怕媳妇，这钱也是偷偷省下的，他恳切地望着她，"妈，你就别推辞了，回去一个人要好好照顾自己，头痛脑热，找医生也要用钱的。"

四

回了老家的舅妈不花钱，她种菜，把菜拿去送人，有时候也去赶集，卖了菜换一点生活用品。

四野里一片寂静，村里原来的两百多人走得差不多了，去城里打工，去镇上买房，剩下的都是走不动的。有些比她还老的老人也不能干活了，他们静静地坐在屋檐下，看朝霞满天，看落日西沉，看白天缓慢而悠长地坠入黑夜……

舅妈有时候看电视，有个公益广告上，和她年纪差不多的老太太接了一个又一个电话，最后在饭桌旁叹着气：你们忙，忙，都忙……

那声音久久在屋里回荡着，仿佛在与她对话，角落里的灰尘像沙粒一样落下。

她惦记着那六百元钱，怕被风吹走。想来想去，想到过年时，孙子捣毁了床底下一个老鼠洞，那里比屋顶安全。她便搭了梯子，一步一步爬上屋顶。塑料袋还在，她伸出手，有点够不着，就缓慢而蹒跚地往上又爬了一级梯子。

这次够着了，脚下却踩空了……

舅妈醒来时，已经过去了三天。村里老人说她命大福大，她摔倒的动静惊动了正要出门接儿子的邻居，邻居循声找来才救起了她。

醒过来的舅妈还不知道，这三天里，她被诊断为颅内血肿，治病已经花了一万多。

这一摔，都摔掉几十个六百元了。

——写于 2016 年 6 月

龙门的味道

近年来总是不由自主地怀旧，特别容易在一些潮湿的雨天，想起龙门，想起高中时的寸寸光阴，想起那些珍藏心底的味道和情谊。那些悠远的往事，总会从布满青苔的记忆中越过蒙蒙烟雨，慢慢复苏，清澈清晰，如在眼前。

学校管理很严，但是每到周三下午，镇上的影院会专为我们放映一场电影，那情景相当于过节。电影的精彩都被遗忘了，但电影院外那条狭窄小街上，两旁餐馆的味道却因深深刺激过味蕾，至今难以忘怀。我们爱去吃水饺，实心饱满、肉馅鲜美的饺子，盛在盘子里端出来，热气腾腾，配上红油碟子，令人馋涎欲滴。暮色四起，雨雾挟裹着寒意在店外弥漫，而饺子带着香气和热气，让人由衷地感到踏实和温暖。

　　此外，还有稀饭和小菜，二十多种凉拌的小菜，一样的价格，还可以任意选择几样搭配成一份。我总以为，凡是菜，都可以凉拌，而凡是凉拌的菜都是美味，这份对生活的热爱实在得益于在龙门的耳濡目染。

　　龙门镇上，最美味的还是"锅盔夹凉粉"，在果城的每个乡镇市集，每条街道的转角处，几乎都能见到它的身影。简单的小摊，一个泥土糊成的空心大火炉，一张高而窄的桌子，就是最大的家当了。远远地，我们就能听见擀面杖啪啪的响声，节奏感很强，很吸引人。熟悉的人往往能从擀面杖的敲击声里判断，锅盔做到哪一步了。我们那里称这个过程为"打锅盔"，里面有着名副其实的幽默感，锅盔真的是噼里啪啦"打"出来的。

　　彼时，烘烤的麦香在空气里弥漫，路人会贪婪地深呼吸，甚至站在雨雾里，为之侧目、驻足。

　　校门外的阶梯下，一个五十来岁的妇女在打锅盔，她的头发盘在脑后，袖子高高挽起，粗壮的手臂十分有力，她泼辣而利索，总让人想起《蒲柳人家》里的"一丈青大娘"。她把一大团面揉捏得柔韧筋道后，迅速揪下小团的面往那桌子上一戳，再一戳，很快，桌上摆开一排均匀的面团，她把擀面杖噼里啪啦敲得打鼓似的，面团被擀成长条，抹上酥油，再层层卷起，往芝麻粒里一蘸，再用拇指一按，一个扁扁的小锅盔成型了，接着是下一个，所有工序一丝不苟，令人眼花缭乱。她拿夹子把锅盔一一放进火炉内壁里烤上，又把炉壁上的前一批锅盔翻个面。然后再做下一批。芝麻的香气四散开来，她把圆鼓鼓黄灿灿的锅盔一一夹出，啪啪地扔在桌上，它们冒着热气，伴着细微的爆裂声，边沿上跌落出小块的酥脆外皮。

众人的赞叹声里，旁边的女孩也在有条不紊地拌着碗里的凉粉，凉粉是她们先在家里做好的，搁在面团旁，仿佛一块温润雪白的玉。女孩是妇女的远房亲戚，外表文静，做事却也麻利得很，她拿一个简单的刮子在凉粉上轻轻划上一圈，一条条晶莹剔透的凉粉旋进了盆子里，那凉粉整齐而匀称优美，十分有韧性，浇上浮着芝麻粒的红油，乌黑的酱油和醋，淡黄的蒜泥水……紧接着，味精的白，葱花的绿，姜末的黄，撒在凉粉上，搅拌均匀，一小碗凉粉就是一道视觉盛宴。她拿起锅盔从边沿处一刀剖开，倒入凉粉，一套完整的锅盔夹凉粉画上完美句号。

这味道有多好是很难描述的，当年很多女同学为了吃上锅盔夹凉粉，前面排了九个的时候会感到很幸运地排在第十号上；倘若咬上一口夹着凉粉的锅盔，世上便无淑女可言，嘴边的红油顾不得擦掉，眼泪汪汪却只说"辣得过瘾"。

有一年寒假，我在火车上遇见一个川大的学生，他一路上小心翼翼护着纸包里的锅盔夹凉粉不声不响。我一直很好奇，他干吗珍宝似的捂着，大半天过去竟然舍不得吃，临到下车才听他说是为女友带的——纯真年代的爱情，朴素美味的小吃，立刻让人赞叹不已。拥挤的车门前，人们纷纷侧身，让那个捧着锅盔要见女友的小伙子先行，仿佛他的手中，有一束娇艳欲滴的玫瑰正在迎风怒放……

——写于 2013 年 3 月

冬 天

一

"绿蚁新醅酒，红泥小火炉。晚来天欲雪，能饮一杯无？"
我常常在冬天的黄昏想起这首诗。暮雪就要飘洒下来的时候，面
对新酿的美酒与通红的炉火，古人有多少浪漫与豪情，令今人向
往啊。

这个时候，我喜欢独自蜷在沙发里读小说，喜欢沉浸在某个
故事里，陶醉在一些惊人的语句里，这会使我暂时忘记生活中的
烦恼。或随着书卷翻动，眼见爱恨情仇；或穿越历史，亲历风云
突变与金戈铁马。斜阳洒下一缕光，亦真亦幻，寒风中带来些许
的温暖，我不禁也盼着有一场暮雪，纷纷扬扬，飘飘洒洒，令这

苍茫的大地生动无比。

关于冬天，我能想起很多温暖的人和事。

二

小时候的冬天，仿佛一直雨雪霏霏，关于晴天的记忆却十分模糊。每每放学后，我总是跟随着同学们从校门涌出，迎着江风缩着脖子向家里奔去。

我们小镇有一家规模不大的糖厂，正好在上游的小山坡上。每年冬天，嘉陵江畔那些粗壮的甘蔗就会被送往糖厂榨成糖浆，一到晌午时分，浓郁的甜香就在田野上空飘荡，我仿佛看见褐色的糖浆冒着热气奔泻而出，和汤圆里流淌出的糖汁一模一样。我们贪婪地嗅着那香气，有望梅止渴的痛快，也倍感饥肠辘辘。

每当此时，我的好朋友玲就会想起什么似的，忽然停下脚步，从兜里小纸包中掏出一片深褐色的东西塞进我嘴里。那味道很奇怪，甜味包裹着辣味，合成了新的味道，我一边嚼着，一边感到额上有细密的汗渗出来了。玲的母亲在糖厂里做工，她总是把生姜洗净后带到厂里，丢进糖汁沸腾的锅中，煮透了再带回家切成小片。据说，它有药用的价值。今天的小孩很难见到这类东西了，估计也吃不下去。可是，在那个物资匮乏的年代里，这个味道多么美妙！

三

刚进大学时，总觉得周围的世界很新奇。冬天来了，十字路口的几家水果摊前摆出了蜂窝煤炉子，上面支着一口大锅，锅里有半锅黑沙，卖水果的舞动着大铲子不停地铲着、翻着。我那时才知道那黑沙里饱满的坚果叫板栗。我的家乡没有这奇妙的果子，它的光泽和香味显得格外诱人，在夜晚的雾霭里，它有着和炉火一样的温暖。

一斤板栗15元钱——很多年过去了，它的价格竟然没有什么变化。但那时，每月两百元生活费的我们一致认为它太贵，尽管被那热气腾腾的油亮果实吸引，仍然理智地抵制着诱惑。室友小莉说，如果10元一斤就买。

日子缓缓过去，板栗的价格降成12元了。我们很高兴，暗暗地期待着。不久就真卖10元了，我们却一厢情愿地以为它还会降价。每次路过水果摊就忍不住要看那个写着价格的牌子，还要谈论板栗的大小和成色，还要为自诩的"节俭"相互吹捧一番。

临近寒假时，我们蓦地发现，板栗又卖15元一斤了，让人沮丧的价格啊。坚持那么久了，不能"晚节不保"，我们佯装骄傲地路过，继续抵制诱惑，甚至不去瞟一眼雾气升腾的大锅。

有一天晚上，天气特别寒冷，搓着快要冻僵的手，打开寝室门，只见桌上赫然有个崭新的纸包，里面揣着几颗温热的板栗……

三位室友仿佛商量好了，一致说：我们都吃了，这是给你留的。

很多年后，我都能清晰地记得这板栗的温热。

四

去年冬天，我身体不好，头晕目眩，医生只说贫血，劳心，适当休息和调养。年迈的父母听说了，就忙着从老家赶来。那个黄昏里，我看见父亲扛着一大袋花生走上楼来，我当时太虚弱，甚至没有力气去帮忙，这一幕于我是内疚，于父母却是焦虑和心疼。

父母把我没时间打理的房间收拾得干干净净，每天还变换着花样煲各种汤。下班回家，我就会在父母的监督下先吃一碗。那时，蜂蜜是父母亲自赶路去乡下养蜂人那里买来的，花生是亲戚送来，父母却舍不得吃的，各种腊肉香肠是父亲自己做好千里迢迢搬来的……我曾为此十分不安，多年来，我何曾为父母做过什么，除了无数次令他们操心外，何曾有过一丝回报？

我曾说，天下最不划算的职业就是做父母，人人都知道，人人都会做，而且心甘情愿，无怨无悔……有一天回家晚，桌上已摆上一碗热气腾腾的丸子汤，上面漂着翠绿的菜叶。我只感觉那丸子有点不一样的味道，却没有细想，只是快速地吃下，喝完最后一口汤。父母一边看电视，一边留意着我，他们似乎松了一口气。很多天过去，我才知道父母从老中医那里讨来的方子，用胎盘和肉做成的丸子，怕我知道后不能下咽，一直隐瞒着。那以前，我听到这类话题都要呕吐，这次却十分平静地接受了吃胎盘的事实，我没有理由拒绝父母的一番深情，我没有理由去怀疑这个药方是否可靠，我唯一能做的，是大口地吃，让身体好起来，让父母的担心少一点。我母亲一生骄傲，很少求人，为了我，不知道她怎么做到了委婉谦卑地向别人讨要胎盘，我难以想象……

小时候我希望自己能够有所作为让父母脸上增添光彩；十年前，我曾羡慕那些有钱的同学能够有充分的物质去尽孝道；如今，我终于明白，父母最期待的，无非是我健康平安。

我的一个朋友在其父亲生病后改了QQ签名——"我愿用我一生，换你岁月长流。"这简单的句子令我十分感动。子欲养而亲不待，倘若能使父母岁月长流，将是人生多大的幸福？人的一生中，能经历多少个冬天？80个？90个？父母余下的冬天还有多少？我愿用我一生，去温暖父母生命里的每个冬天。

——写于 2012 年 12 月

二十年春运

一

20 世纪 90 年代末，我在蓉城上大学，放假后和三个同乡兴冲冲地赶到车站，却瞬间被广场上密集的人群淹没。无端的恐惧和慌乱令人倍感呼吸困难，行李和方便食品堆起两座大山，翻过这一切，才能顺利回到家。那时，到我们小城的只有长途双层卧铺车，清晨出发，天黑时到；或者天黑出发，第二天清晨到。

这是我第一次经历春运。

我们四人挤在候车室的两把椅子上，车票售罄，想走走不成，回学校又不甘。不一会儿，我们就被几个票贩子包围了。他们看似不经意地询问去向，接着神秘地亮出那仿佛泛着微光的车票，然后唾沫横飞地描述车站不安全，不宜久留，越到后面价格会越高……诸如此类的话。

比平日高出两倍的票价好像理所当然，但这显然超出了我们的承受范围，票贩子欲擒故纵，说手中的票本来就不够四张，如果我们要，他们还得再找人凑，然后就失去耐心一般，去问其他旅客了。

眼看那些肩扛手提着行李的旅客源源不断地涌进来，我们面面相觑，焦灼无奈，只好各自把钱掏出来。凑够四张车票钱后，几个人身上总共剩下不到三十元。

我们被带到一个僻静的地方，那里有一辆卧铺车停在陈旧的办公楼前。司机很凶，几乎是吼着叫我们把背包搁在车下的行李舱。车子摇摇晃晃出发时，暮色已经笼罩了蓉城的街巷，这时候适宜昏睡，仿佛一觉过去就是家乡。

然而，朦胧中，车停下来。车窗外，灯光耀眼，几间简陋的房屋外，还停着另一辆长途车。一群人围着吃饭，有人蹲在旁边抽烟，火光一闪一闪，周围空旷而陌生。我不想下车，但司机凶神恶煞地催促着，说每个人都得去吃饭，他威胁道："一会儿，万一有人在车里丢了东西，那可说不清楚！"

我们刚下车，一个穿围裙的女人就热情地过来打招呼，说看我们就是学生，会给我们安排价廉物美的菜品，但是无论怎样都要花钱，不然司机不会发车……

我们无奈坐下，板凳冰冷而坚硬，不断有风从墙角灌进来，我们缩着脖子问，"是不是吃面要便宜点？"女人有点不耐烦地答："没有面。"

不一会儿，她端来几个粗糙且有缺口的碗，里面盛着不知是煮熟还是炒熟的菜叶，零星夹杂着一点肥腻的肉丝，筷子参差不齐，留有陈年的旧迹。勉强吃完，女人要了我们二十五元钱，而当年普通的一碗面只卖一元。

回到车上，满是乘客们的抱怨，司机大声吼道："吵，吵什么吵，人家饭店就不挣点过年钱了？"

而当那所谓的饭店被远远抛在后面时，车里还有人小声嘀咕，"倒霉透了，再也不要来这里。"也有人在低低地劝解："忍忍吧，还不知道有多少人，买不到回家过年的车票呢。"

二

1998 年春运前夕，达成铁路通车了，我的故乡就在这段铁路上。原以为客流分散，不会再为车票而紧张，然而事实上，火车的开通并没有缓解回家过年的艰难。那时有绿皮火车，还有闷罐车，有同学提前半个月就去排队买票，小小的，窄窄的一张，宝贝似的搁在文具盒的最里层。

站台上，早有人潮涌动，踮着脚，翘首期盼，一个矮瘦的女人搂着一堆旧衣服四下询问："要不要占座位？十元钱一个位置。"我张开汗涔涔的手心，才蓦地发现，千辛万苦排队挤来的车票上只有车次和车厢序号，并没有座位号。

想到要站好几个小时，我心里发怵。那女人一边示意身后的男人收钱，一边小声叮嘱付钱的乘客："车来了不要慌，给钱的人都有座位。"男人很快收了一叠钞票。

人群开始躁动，火车徐徐进站了。不到停稳，就有人慌张地往车窗塞行李包，有人在同行者的帮助下费力往窗里爬，那个矮瘦的女人已经非常灵活地从列车员身旁挤上车门。列车员只是拦住其他人检查车票，同时大声吆喝不要往车窗扔行李。女人飞快地把手里的旧衣服一一丢在座位上，自己不动声色地坐下。

陆陆续续有人挤上或者爬上车来，女人大声嚷道："有衣服的地方不要坐，那是给学生占的位置！""她是老师？"有人迟疑了，纳闷地问。等那些付过钱的男女老幼都找到了自己的地儿，先挤上来的人如梦初醒，女人早已经下车了。

整个过程前后不到两分钟。

车满了，先前占位的人很快明白，十元钱买的不是座位，只是有坐的资格而已，座位周围挤得没法伸腿。过道里不透风，卫生间关不上门，到处是人……人们把行李搁地上坐下，算是安顿了自己。

抱孩子的男人站乏了，他不停地跺脚，也只能把孩子从左手移到右手，车子摇晃着，他紧紧攥着行李架的铁条跟着晃动。后来，他发现行李架中间，有大件行李卡在那里，中间剩下一个很小的空间，便踮脚把孩子放到那里。他伸出手艰难地扶着，孩子的妈妈也挤过去想扶孩子，却伸手几次都够不着，只能眼巴巴地望着。

不一会儿，那孩子哭着要撒尿，男人大约要抱他下来，正犹豫着，孩子已经尿了，偏着头避让不及的人骂骂咧咧，有人皱眉拿纸擦衣服，不停抱怨，但更多的人只是木然地闭着眼。

过年了，能如期回家，比起那些滞留在火车站的人来说，已经很幸福了。

车厢里渐渐停止了喧闹，狭窄的空间里，人们后背贴着，胳膊挤着，渐渐陷入昏睡的状态，只听得"咔嗒"声单调地响着，听火车呼啸着越过山岗和原野。

三

我以为春运最难的莫过于买票、回家，却发现自己实在天真。有一年春运，回故乡的中巴车上，我包里的钱被摸得精光。

那次，本以为临近黄昏，乘客会少一点，但中巴车缓缓进站的时候，一群人蜂拥而上堵在狭窄的车门旁，我被人潮带动着挤进车门，人越多，心里越慌张，等费力挤上去才发现，车上的人并不是想象的那么多。

这时，有乘客指我的挎包，我才发现，挎包拉链大开，而钱包早已不知去向！恍然大悟看向门口，而刚才拥堵在车门口的人，早就一哄而散。几个和我一样挤上车的人都找不到钱包了。

回去后给家人讲被盗经历，表兄却说："这不算什么"。

有一次，他看到车站外的广场上有卖花生的，比老家便宜很多，就想顺路带回家，趁过年卖炒货。表哥背后的大牛仔包没处寄放，便索性把它踩在脚下。周围人来人往，各人奔走在回家的途中，没人多看他一眼。

他跟卖家讲价，看成色，称重量，忽然，有人拍拍他的肩膀，"兄弟抬一下脚。"

他想也没想就挪了一下，继续称那几包花生。该付钱了，才陡然发现牛仔包不见了！卖主以为他要变卦："刚才你不是踩在脚下吗？"

表兄气急败坏，回想起自己专注地看秤那阵儿，有人叫他抬过脚，而自己竟然被人从眼皮子底下把包偷走了！

需要提防的，还不只是小偷。

2005年春运时，我在火车北站拿着一百元排队买二十元一盒的方便面。那是一辆三轮车的流动小摊，只卖方便面和水，却生意爆好，围着一圈人等着买。

轮到我时，三轮车摊主把钞票捏在手里轻轻揉了一下，又举过头顶，"假的。"他说。

我吃了一惊，换一张，他揉了一下再递给我，"也是假的，还缺角。"

收回来看，我慌了神，怎么两张钱都是假的？

后面有人一直催促，我赶紧在钱包里选了一张最新的，自己先翻来覆去看了几遍，才递给那人。他热情地笑着说："姑娘，出门在外要小心！我们要是收到假钱，一天都白干了。"说完，他递给我四张二十的，又把泡好的方便面捧给我。

我肩上背着行李，手肘上挂着行李，小心翼翼地捧着泡面和零钱往候车室走去。吃面时，忽然感觉有哪里不对，掏出那四张二十，仔细一看，竟然都是假的！

待我再想出去找那三轮车摊主，人头攒动，哪里有三轮车摊的影子？事后想来，那些围着买面的人，究竟是和我一样的旅客，还是摊主的掩护呢？

四

另一件让我记忆犹新的事，却不是发生在我身上。

2013 年，腊月二十九的凌晨三点多，我被持续震动的手机吵醒，是一个陌生的号码。电话接通后，我才听出是高中好友打来的。她在电话里哭哭啼啼，话也说不清楚，好半天我才听明白，她被抢劫了！

我赶紧穿上衣服出门，寂静的夜里，除了偶尔的烟花砰然划过天际，我只听到自己扑通的心跳声。

驱车穿过大半个城市，远远看见一处路灯下，她双手撑着头颓然坐着。走近时，她还在哆嗦，她穿过几条街才走到这里，见了我就泣不成声。

好友刚从上海回来，回程的火车上，她遇到一个慈眉善目的女人跟她聊天，她们目的地一样，高中上学的地方一样，连说到的老师也有几个相同的，一见如故，共同分享自己带的零食。

火车快到站时，女人接了个电话，听起来像是家人打来的，她笑吟吟地说："12点40左右到北站，还有一个妹儿一起，校友，先把她送回家。"我那同学正愁快过年了，晚上不好打车，没想到好运从天而降，感激得不得了。

下车后，女人带着她穿过满是出租车的广场。那女人没什么行李，就帮着同学拿包。女人一边打电话责备家里人停车太远，一边又解释说："春运期间实行交通管制，附近实在没法停。"

这样说着，两人就来到一条偏僻的小巷。同学正有点不安的时候，女人就指着不远处树影下的一辆长安车说："已经到了。"说着，她迅速拉开车门，把同学推进去再飞快关上，自己却并没有上车。同学甚至来不及呼救，就被座椅后的黑手捂住了嘴，按住了肩。旁边也坐着人，看不清脸，只看到明晃晃的匕首。

他们摘掉她的戒指，把钱包翻出来，现金和银行卡倒在座椅上，问她密码。有两个人很快就带着卡去取钱了，回来时对车里的人点头示意，他们才把她推下车。

锃亮的匕首在夜里寒光逼人，同学被吓傻了，车子很快消失在夜色里，她只来得及瞥到一个被遮挡的车牌。

遭抢后的同学身无分文，连装零食的包，他们都没给她留下。

好半天，同学才浑身发抖地站起来。不知该往哪里走，直到有清洁工在扫街了，她才借来手机，不敢给父母说，战战兢兢地先给我打了电话……

我们找到附近派出所报案，可除了那个女人的相貌，她无法提供任何线索，笔录完以后，民警面无表情地说："回去吧，有消息我们会通知你。"旁边的民警接着说："年关了，出门不要轻信别人。"算是安慰。

五

最近几年，自打买了小排量的汽车，我以为就此避开了车站的喧嚣，也远离了奸邪的强盗。但春运的大迁徙里，麻烦事不止这些。无论是起个大早，还是趁饭点出行，都避不开高速路上的拥堵。回家不到五百公里，每次早上出发，都要晚上才到达。

同行的小李开着一辆新买的宝马，我们跟在他后面，慢慢往城外开。起初走走停停还可以前移，到后来就直接在高速路上熄火停下。汽车的长龙，一眼望不到头，而后面还在不断延伸。

渐渐地，大家都下车来，看路况，相互寒暄，有人蹦跳着活动筋骨。我们也下车，把食物拿出来吃。

小李在车门旁点上一支烟，忽然惊慌失措地喊："糟了，钥匙锁车里了！"我们都以为他在开玩笑，过去看时，发现钥匙果然静静地躺在后座上，近在咫尺却遥不可及。

小李刚才在后座的包里取水喝，顺手把钥匙搁那儿，然后关上车门抽烟，车门自动锁上时，他已经来不及后悔。所有的窗玻璃关得密不透风，小李的老婆慌了神，不停地责备，说自己不开车，备用钥匙放家里的，现在可怎么办？

我们一分钟前还念叨着前面赶紧通行，现在却担心路通了，这路中间的车怎么办。于是，一边向 110 求助，一边把电话打到 4S 店，心急如焚，不知所措。

好在附近十公里不到有个小县城，交警帮忙叫来那里修车店的师傅开锁。等待漫长而焦灼，但开锁的时间很短暂，不到二十分钟，车门已经打开。"850 元。"师傅蹲在路上收拾着工具，头也没抬。

"太贵了吧！"小李的老婆瞪着眼。师傅起身笑道："不贵，过年过节的，我还跑几十里路哩！再说这是宝马，自然也要贵点，如果开那个车的锁，"他指了指我们的车，"只要一两百！"

"给八百吧，不能少了。"师傅说着，示意小李看向不远处的车辆队伍，这会儿，队伍已经在慢慢蠕动了。小李没说话，认命地掏出了钱包。

六

几天前，在惠州打工的姑妈打电话说，她终于回到蓉城了，我也跟着舒了口气。一个月以前，他们在网上购票，从惠州到蓉城的票很快就抢完了，慌乱中抢了深圳到蓉城的票，提前一天去的深圳，在火车站坐等到大半夜，又在火车的硬座上待了三十多个小时，耗时三天三夜。比这更糟糕的是，返程到惠州和深圳的都已抢光，只好选择了蓉城到广州……

比起雪灾滞留车站的乘客，腿上裹着塑料布的摩托车大军，在春运途中遭遇突发事件的回乡者，我们经历的春运都还算幸运。

四十天里，有二十多亿人次在进行一次大迁移，困难再多，麻烦再大，所有人仍然执着地奔向回家的路，漫天飞雪也挡不住。

——写于 2017 年 1 月

远去的祖母

氤氲的热气下，一锅白水豆腐沸腾着，咕咚咕咚地吐出水泡，慈祥的祖母拿勺子搅动，豆腐开始浮起，沉下。灶膛里，依旧有火苗四下蹿动，还是在那间矮小而简陋的瓦屋里，祖母麻利地舀起一勺递来，雪白的豆腐落入我的碗里，乌黑的酱油迅速渗进去……

热气涌动，我费力地睁开眼，周围是漆黑的夜，正值凌晨时分，惆怅漫上心头，睡意消失殆尽。回不到那温暖的梦里了，也看不到那慈祥的笑容了。黑暗中，眼角有清泪滑落。那个疼我的人，在天堂里可安好？

坟头的青草已经枯荣了五次。

满桌的饭菜，等不到面南而坐的祖母。一抬头，只看见黑白的照片里真切的面容上温和的笑意。

屋后的菜地，南瓜花灼灼开放，四季豆、豇豆垂着豆荚。鸟雀翻飞，阳光下，榆树影子斑驳，一生劳作不息的祖母，已经缺席。

一抹如血的残阳下，竹林寺的钟声依旧，那些结伴前去拜佛的人群里，早已没有祖母的身影……

那时，祖母总会眺望路口，在补好一双旧袜子之后，在织完一件毛衣的袖子以后。花白的头发被风拂动，老花镜在鼻梁上摇摇欲坠，她举起细小的针，扯动深蓝的线，看似不经意地望了望路口。那里，放假的学生背着行李三三两两地离校回家，那个异乡教书的孙女并不在来往的行人中，但她仿佛听到火车的鸣笛由远及近，穿越城市的雾霾，抵达她视为过节的日子。她会因此挑选地里最饱满的蔬菜，一次次清洗，让它们鲜亮如花朵盛开。

祖母也清洗门口的小石磨，从外到里，每一个凹凸的罅隙里。旁边的小桌上，一盆浸泡着的黄豆正用力地吸着水分，圆润而晶亮，往日深藏不露的营养呼之欲出。这个左手推磨右手喂豆的技术活，平常她舍不得展示，她积攒着工夫要等孙女回来美美享受一碗浓香的豆浆，而她，只在一旁看着，满脸的皱纹会如菊花一般舒展，眼角的老年斑也可以不见踪迹。如果季节适宜，她会很有创意地在黄豆里混入刚剥的青豆，温热的豆浆于是飘散出山野的清香气息。

祖母信佛，一生宽厚，慈悲为怀。那一回，她和老姐妹约好清早去庙里烧香，出门不远，却被一辆载客的三轮车撞倒，重重地磕在水泥地上。三轮车司机担心闯了大祸，愣在那里说不出话，祖母抹了一把腿上的血，叹了口气道："你害得我烧不了香，快把我扶起，去包点药。"附近诊所的医生都认得祖母，一边责备司机，一边托人把父亲喊来。父亲是来付钱的，他搀着祖母坐着三轮车回家后，对司机说了三遍"没你的事了"，司机才如梦初醒，然后千恩万谢地离开。医生叮嘱过父亲，隔天送祖母去换药，但祖母坚持不去，她一个人在家的时候，把蜂窝煤捣碎，放进盆里，掺上水，混成黑黢黢的糊，涂抹在伤口旁边。几次三番后被父亲撞见，父亲本来不太担心祖母的腿脚，这一次却怀疑祖母被撞得神志不清。祖母说梦见菩萨告诉了这个偏方，一定要照着做。一个星期后，祖母重新出现在街巷里，她买了一点菜秧子，经过诊所时看到了医生惊愕的脸。

我至今不知道蜂窝煤和跌打损伤有无丝毫关联，正如我不能理解祖母的腿脚奇迹般恢复的原因在哪里，我愿意相信，善良仁爱的祖母得到了神灵的庇佑。

祖母养的鸡鸭都是高产的，祖母种的蔬菜总比别人家的鲜嫩肥硕，门口的樱桃树每年果实累累压弯枝头，祖母会请过路人摘来吃。祖母眼不花，耳不聋，六十岁头发全白了，七十那年反而有一半转为黑色，八十岁时依旧做饭洗衣……我从未想过有一天祖母也会离我而去。

而衰老和死亡一直都在，死神漠然地看着祖母平静恬淡的晚年生活，仿佛只在等待一个时辰的到来。那个夏天，嘉陵江被烈日炙烤得几乎要露出河床，漫漫的黄沙随着热风扬起，我故乡的小镇，只有深夜才会透出微凉。祖母拒绝吃下任何东西，她躺在床上，干瘦的躯体渐渐失去最后的水分。我似乎梦见过一些雪白的车马，还有画着狰狞面孔的白旗，铺天盖地，一些看不清面容的人停在门口，他们轻唤着祖母……

一生清贫一生仁爱的祖母，平静地去了天堂，正如她平静地走过八十个春秋。她在天堂里微笑，她打量着季节轮回里依旧的草木枯荣，她注视着梦中嘉陵江潮水打湿过的脸庞，那风霜寒雨里的人生，因这永久的温暖和仁爱陪伴，正努力地绽放着含泪的花朵。

而红尘的滋味，历久弥新。

——写于 2016 年 5 月

灰 灰 菜

　　你一定遇见过这种野菜，它们像裙裾飘飘的女子，在暮春的清晨，在初夏的黄昏，当你在郊野的田埂上、路旁的水沟前驻足的时候，天那么蓝，空气那么清新，而它们，正在微风里翻卷着绿叶，频频向你致意。它们那么朴实，干净，除了偶尔沾上一点尘土外，绝对不会有丝毫农药的污染。

　　那时的暑假里，我回到故乡，那个临水的小镇上，乡音无改，鬓毛未衰，一切自然而亲切。潮湿闷热的清晨，雾气在鸟鸣声、流水声、耕牛的哞叫声中缓缓消散，屋顶的亮瓦缓缓睁开睡眼，屋里的一切也醒过来了。洗漱后会看见桌上的稀粥和煎鸡蛋。我生来厌恶泡菜的气味，尽管多年来，它一直被母亲引以为傲，但每当我回家后，它就会和泡菜碟子一起局促和拘谨地隐匿起来，这使我微微有些不安，却又不能与它和解。

那天清晨，我看到了别样的东西，瓷盘里盛着细碎的炒菜，浓烈得仿佛要化开的绿，配着浅白的蒜粒和棕红的郫县豆瓣，色泽明艳，令人垂涎。那天的早饭吃到干净得几乎可以不用洗碗。

去问那是什么菜，母亲得意地指着院坝外的坡地说："就是那个野菜。"我赶紧跑过去看，一棵棵灰绿的苗杂乱地生长着，菱形的叶子十分繁茂，刚萌发的嫩叶上还沾着胭脂一样的粉末，十分招人喜爱。依稀记得这叫灰灰菜，小时候还把那个嫣红的粉末涂在作业本上玩——这个可以吃？母亲说："闹饥荒时，这是救命的。现在城里人山珍海味吃腻了，跑乡下来采野菜还不一定认得。你运气好，自家门口就长满了。"

母亲把那鲜嫩的苗摘下，焯水后，再放进清水里漂着，说是需要时，就捞起来切成细末，和姜蒜一起炒了。母亲说，也可以凉拌，还可以把它涂在面皮上做花卷。我咽了一口唾沫，诧异地问道："以前为什么没做给我吃？"母亲停下正在淘洗菜叶的手，回头瞪眼道："你连泡菜都不吃，谁知道你喜欢吃这个？你爸还叫不告诉你是野菜呢……"

多年过去，依旧是夏天，父母来到我所在的城市，说是安度晚年，却是日日为饭菜操心，要营养全面，要每天菜品不重复，还要比较市场里哪家小菜便宜，实在比我上班更累。近年来，父母衰老得太快，每当见他们蹒跚走远的身影，总是忍不住眼眶酸涩。

午饭时，实心饱满的蒸饺带着清新的山野味道，舌尖上的记忆瞬间复苏，我惊喜地问："这是用灰灰菜做的馅？"母亲笑道：

"你还猜出来了，比韭菜好吃吧？"母亲在小区围墙外发现几株灰灰菜，宝贝似的不舍离开，一边摘下，一边硬要父亲回家拿袋子来装。

下午一直在忙，忽然接到母亲的电话，她吞吞吐吐地说："你不要去晒太阳，千万不能……"我很纳闷，这么热，晒什么太阳，问母亲，她依旧支吾着。我有些不耐烦，答应了两句就搁了手机。

远远地就看见母亲在窗口眺望，打开门只看见她焦虑的眼神："你今天没晒太阳吧？有没有哪里不舒服？"她拉住我的手臂上下打量，我更加莫名其妙。母亲说，午后听小区里的老太太讲，电视里说有人身上长满红斑，因为吃过灰灰菜后晒了太阳……

心里一颤。母亲的疑虑与恐慌难以想象，这天下午她会怎样坐卧不安，怎样担忧与后悔，而我甚至不肯在电话里多问……后悔的应该是我。我赶紧去网上查证，然后告诉她："我们吃得很少，而且没有连续吃，没去太阳下暴晒，并不会中毒……"

"灰条复灰条，采采何辞芳"，古诗里写灰灰菜的句子韵味悠长，母亲并不能理解这些百度里丰富的词条，她的世界简洁而单一，为着儿女而晨昏忙碌，因儿女而喜乐哀愁。在这个黄昏里，微风轻拂，夕阳的光辉浓烈地铺洒开，微小的灰灰菜见证我的又一次苏醒：在母亲的庇护下，到处是水草丰美的家园，每一个日子，都那么清澈与丰盈……

——写于 2017 年 6 月

痒 痒 树

在乡下，人们把紫薇唤作"痒痒树"。

在一些向阳的小山坡上，常常生长着各种手腕粗细的小树，苦楝、洋槐、麻柳……它们在田埂上佝偻着，在石缝旁倾斜着，为了仰面见到阳光，把自己歪斜成缺乏美感的杂树。而痒痒树却俨然有着大家闺秀的风韵与气度，细长的树干，笔直向上，在高出别的树好几米时才伸展着树冠，它端庄地站着，不计较周围是岩缝还是斜坡……

多年前的乡间，孩子没有幼儿园可去，他在田埂上蹲着看蚂蚁，在草丛里捉蝴蝶，和蓝天上的白云一样自得其乐。他家的大人，一边锄地、播种或者收割，不时直起腰抬起头，趁着擦汗的当儿，望望田地边上的小小的影子。有时候，孩子乏了，耍赖，坐在草丛里蹬着腿哭闹起来，他的父亲或者母亲，就会慌忙跑去水田边洗净手上的泥，再去牵孩子来到痒痒树下，大人神秘地说："给它挠痒痒，它会笑。"孩子忽闪着晶亮的眼睛，疑惑地看着大人，又看看身旁的树，不知道大人要玩什么把戏。大人伸出指头在树干上轻轻挠啊挠，孩子仰着脸看，那树果然在颤动啊，树叶相碰，发出沙沙的声响。孩子伸出胖乎乎的小指头也去挠，力气太小，树没有动静，大人就捉住孩子的手，使劲挠，叶子抖动，一簇簇粉色的花朵在欢快地乱颤，孩子咯咯直笑，脸上的泪痕还在。他眼巴巴地望着那树，琢磨着那树里是不是藏着个和自己一般模样的小孩，怕痒、爱笑？他围着那树走了几圈，树丛里偶尔漏下的金光照在他的胖脸上，眼眸里装着无数个疑问……趁他不哭，大人又回田地里了。孩子四下寻找枯枝，他攥着枯枝在树干上划上划下，他注意着那树没什么动静，他换了个石块，在树干上敲，头顶上空的树枝又晃动起来了，孩子乐得直拍手……

　　乡野的风滋润着痒痒树，也滋养着风中奔跑的孩子，那孩子拔节似的长高长壮，他背着行囊，走路乘船坐车，在霓虹灯的海洋里，他求学、谋生、安定。他偶尔会看见几棵痒痒树，树干被固定编排成屏风，或是缠绕扭曲成了花瓶，他驻足凝望，那个牌子上写着"紫薇，树龄 100 年"，他怅然若失，走出好远，还回过头去张望。

　　有时他也会长途跋涉回到乡下。乡间小路被野草覆盖，有时忽然窜出一只野兔，跟他狭路相逢，没等他看清楚，那野兔撒腿就跑，惊慌失措地消失在荆棘丛中。那个宽阔的晒场上，已经长久没有晾晒过粮食，青苔和野草四处蔓延。他站在山坡上，耳畔有呼呼的风声吹过，依稀夹杂着昔日里痒痒树的声音。然而，痒痒树已经不见了，"群鸡乱叫"的乡村只留在记忆里。衰草的断茎在风中瑟缩，荒芜的农田遍地。路过一户人家时，他甚至看到瓦楞上成片的蕨类和青苔，而以前上学放学时候，在他家屋檐下避雨的一幕仿佛就在昨天。村里的青壮年外出打工了，他家的"大人"已经佝偻成"老人"，他们反复跟他讲述，几年前城里人出钱挖走痒痒树并连夜运走的事，那是一段令人痛心疾首的往事。

再回到喧嚣的城市里，他茫然无措。有时，一辆满载着树木的货车疾驰而过，带着树枝与地面尖利摩擦的声音。那些倒放的小树，树根朝前，树梢向后，郁郁葱葱的树枝被覆盖和牵扯，许多树叶被挤压、掉落。他呆呆地望着车辆远去，那里仿佛装运着故乡的痒痒树，仿佛，他也身在其中。

——写于 2017 年 5 月

甘 蔗

每逢置办年货的时候，父亲总会扛一捆甘蔗回来，卸下后堆在墙角，接着拍拍肩头的尘土，露出慈祥的微笑。此后，鞭炮声日益频繁、屋角甘蔗日益减少，新年渐渐走近。水瘦山寒的故园里，新年总是和甘蔗的丰润甜蜜滋味一起来的，此后多年，在异乡的春节里，那滋味都会在舌尖徘徊，久久不肯散去。

我钟爱甘蔗，那时候，总喜欢端个小板凳搁樱桃树下，持一截长长的甘蔗，心满意足地坐下，啥也可以不做，啥也不用去想，只专注地啃着甘蔗。不出几天，一堆甘蔗就会被全部嚼成渣，那种甘甜的味道，令人久久回味，仿佛流连在山野之间，甘蔗林、青纱帐的气息扑面而来。

我的故乡在嘉陵江畔，一夜春风拂过，河里的水更明净了，像舒展着的水袖一般向远处延伸。河滩上的青草、芦苇、小野花仿佛睁开蒙眬睡眼的婴儿，伸懒腰、打呵欠、张开小手，遍地嫩嫩的茎叶萌动、抽穗、扬花。河滩上阳光充足，到处是松软肥沃的沙土，每家每户都有那么长长一绺地，最适宜种甘蔗。

与广西、云南一带不一样，我们这里种植的是青皮甘蔗。我们把甘蔗梢头埋进土里，任它们自由吸纳天地日月的精华，那金色的阳光、滋润的河风、夜晚明净皎洁的月光、富含铁和钾的泥土都在催促它们出苗、拔节、往上蹿。不久，人们就会惊喜地发现，往日稀稀疏疏的甘蔗田已经俨然是繁茂的甘蔗林了。

霜降过后，稻子早已归仓，田里空荡荡的只剩几只鸟雀在觅食。而河滩上则是另外一片景象，到处是蓬勃的绿，绵延不尽，说是"绿云几万重"一点也不为过，空气里弥漫着浓郁清甜的浪漫味道，密密匝匝的甘蔗叶迎着秋风簌簌地晃动，裹着白霜的甘蔗节时隐时现。

还不到收割甘蔗的时间，我们已经蠢蠢欲动。周末的下午，屋后总会有伙伴们的呼唤："洗牙齿啰！快出来啦！"那时候总是自以为聪明，把吃甘蔗说成"洗牙齿"，以为说个暗号就不会被大人知晓，就可以神不知鬼不觉地钻入甘蔗林饱享美味。我对这呼唤心领神会，故作安静地收拾书本，然后怯怯地向父亲"请假"，父亲早把我们的雕虫小技看明白了，他沉着脸说："只准撇（四川方言，用手或脚折取）自家的甘蔗！"虽然严厉，但这是允许，我暗藏窃喜，赶紧转身，"小心别划破手。"——没顾得听完这声透着暖意的嘱咐，我已经一溜烟跑出去了。

如果不是亲临其境，很难体会在地里挑甘蔗，撇甘蔗的乐趣。在茂密的甘蔗林里，选定匀称圆润壮实的甘蔗，双手攥着它的茎，瞅着那贴近泥土的根部，铆足力气一脚踹下去，只听得"咔嚓"一声，甘蔗就折断了，我们仿佛从那声脆响里打开了一罐凉丝丝的蜜，贪婪地呼吸着，垂涎欲滴。叶子剥离，扔在地上，任由它们铺成墨绿的地毯，一屁股坐下去，望着密不透风的甘蔗林，大口嚼着那脆生生的甘蔗，饱满的汁水汩汩而出，唇齿流蜜。小时候没有零食吃，却可以在甘蔗地里大快朵颐，这是多么酣畅惬意的事啊！嘴角挂着甘蔗茎上的白霜，叶子上的尘土，拿沾满甘蔗汁水的手背一抹，个个都成了花猫，牙齿真洗白了，但衣襟上也滴满了汁水。有时候手掌被甘蔗叶边沿划破，沁出殷红的血，也顾不得去擦一下。伙伴们个个吃得小肚皮鼓鼓的，还舍不得离开。

有的伙伴会在离开时再撇上一截边走边吃。而我，总记得父亲的教诲：女孩子家得有个样儿，不能在公共场合肆无忌惮地大笑，不能靠着门板嗑瓜子，不能走在路上吃甘蔗……我有时候也会恶作剧地坏笑：那个"样儿"肯定没包括在甘蔗地里、在樱桃树下吃甘蔗……

天气渐渐转冷，就要收割甘蔗了。人们把甘蔗贴地砍下，扎成捆，拉板车驮到镇上的糖厂去卖。有意思的是，我们小镇种甘蔗的地方最低，站在哪处楼顶都可以俯瞰河滩上那一望无际的绿色海洋，而榨甘蔗的糖厂位置却最高，一到榨甘蔗熬红糖的时节，整个小镇都被蜜一样的温暖气息从上到下包裹着，到处是醇厚甘甜的味道，人人陶醉得仿佛要化掉。

除夕之夜，父亲搓掉炒花生米的薄皮，把花生剁成细细的颗粒，再把橘饼、红糖也都切成小颗粒，搅拌均匀，做成汤圆心子。一家人便围坐着包汤圆，吃汤圆。北风时时刮过，把窗户摇得哗哗直响，但红红的炉火舔着锅底，雪白的汤圆一煮下，所有的寒意都被驱逐得远远的。一口咬下去，混着花生颗粒的红糖汁水流出，整个新年都透出热乎乎的香甜。父亲笑道："这红糖好，说不定就是我们家甘蔗榨出来的啊。"糖厂早已经放假了，但我们对此深信不疑。

如今，故乡早已没有种植甘蔗，昔日的河滩上，高楼一栋挨一栋，满目的繁华和喧嚣。过年的时候，父亲依旧会扛一捆甘蔗，来自南方的紫皮甘蔗，他把它们搁在墙角，自己靠着椅子坐下，叫小孙子过来揉揉肩，爽朗的笑声传出很远。

父亲老了，牙不好，他自己并不吃甘蔗。

除夕的夜晚，绚丽的烟花把深蓝的夜空照得忽明忽暗，父亲在包汤圆，花生、红糖、橘饼，盛放在晶莹的瓷碗里，雪白的汤圆就要下锅，新年的钟声近了……

——写于 2016 年 12 月

中元节 · 秋思

一场秋雨，淅淅沥沥，把这个城市浸泡得失去了根基。一汪汪水潭，可是上天的眼泪？屋檐在滴水，树叶在滴水，青苔漫过水泥地，像眼泪漫过人的脸。

那个深爱我的老人，去天堂了。几年里，没有音信，一千多个日子，堆积的忧伤如漫漫黄沙铺天盖地，遮住我前行的路。没有祖母的日子里，我竟然也沉重地走了那么远。

我一直不相信这是真的，院里丝瓜架上的瓜叶，郁郁葱葱，地里卧着的南瓜，慵懒肥硕……一切都仿佛在提醒我，祖母就站在那里摘菜，或蹲在那里除草，只要我一走过，祖母就会抬头张望，就会有亲切的呼唤，像儿时那样，像很多年以来一直都习惯的那样。

我一直疑心，祖母还在家里。我煮好饭，依旧想先盛一碗给祖母端去。可是，还未下楼，就望见那墙上的遗像，只有慈祥的笑容，一如生前。

我一直认为，祖母是家里的活神仙，永远不会弃我们而去。祖母曾经白发转黑，八十多岁时仍在地里劳作，很多年里，眼不花耳不聋，一到放假就喜欢遥望路口，期盼停下的那辆车里走出深爱的孙女。

祖母一生善良、宽厚、仁爱，不与人争论是非，从旧时代走到如今，历尽了人世间多少苦难辛酸，眼见过多少悲欢离合，终于到了苦尽甘来，儿孙可以力所能及地尽孝的时候，却与世长辞。

每年的今天，夜幕总是很早落下，到处都有燃起的火堆。我多么希望，树影里、花园里、空旷的原野上，穿过黑夜的风里有一群群从天堂返回的人，我多么希望，祖母就在其中，抚着我的头，牵着我的手，像儿时的每个晨昏，像记忆中那些永远温暖如春的日子……

——写于 2015 年 8 月

樱 桃 树

　　樱桃红时，想起老家门前的那棵大樱桃树，心中怅然若失。

　　那棵树是祖父种下的，碗口一般粗壮，枝繁叶茂。新年刚过，春寒料峭，樱桃树上已经缀满绿豆大小的花蕾，春天也悄无声息地走来了。天气稍稍暖和，树上已经开满花朵，簇拥得好似一片绯红的云霞。

　　老屋正对着小镇的老街，地基比街道要高出五米左右。远远地在街那头就可以抬头望见我们的老房子。有时候有人打听祖父的住址，就会有街坊邻居回头一指：喏，就在那棵樱桃树下。这话很让我骄傲，为那棵独特的樱桃树，也为祖父。

　　祖父一生坎坷，年少时在地主家做长工，受尽磨难；后来参加朝鲜战争，几次险些为和平捐躯；后来在异乡漂泊，到制材厂做工，勤劳简朴了一辈子，直到退休才算安定下来。回家后，祖父忙过两件事，一是在老屋前后种下了许多果树，二是开始学习中医。所谓学医，其实就是天天看那几本医学典籍。书里是竖着写的繁体字，配有各种线描的简图。祖父戴着老花镜，坐在樱桃树下，在书里勾画，把一些内容抄在笔记本上。几年后，他的笔记抄了一大本。

祖母长期头痛，祖父开了药方，照着去药铺里买，祖母喝了就好了。我们都以为这是凑巧的事，并不信任祖父。然而，镇上许多退休老头老太太却相信，他们也治好了头痛。

时间长了，来找祖父看病的人竟然多起来，老屋周围还多了各种草药。有一次周末回家，只感到嗓子冒烟，说话困难，祖父在屋后摘了几枝金银花，洗净，放进玻璃杯，热开水下去，雪白和金黄的花朵带着绿的叶、细的茎浮浮沉沉，开水变成浅淡的黄色，煞是好看。冷却后喝下，只觉得神清气爽，不到天黑，嗓子就恢复正常。

除此以外，房屋周围还有很多蒲公英、车前子、木槿花、紫云英、藿香、酢浆草……它们或匍匐在地上，或默默地抽穗开花，毫不起眼，竟然都是治病的良药。当然，还有樱桃树，祖父说，樱桃叶可以治疗毒蛇咬伤，樱桃核可以治疗麻疹不透。

祖父开出的药方被老头老太太们视为珍宝，家里人却一致竭力反对，祖父丝毫不为这些意见所动，他是出名的性格倔强，软硬不吃。那些病好的人来感谢他，他不仅不会收钱，连贵重一点的礼物也不会接受。他坚持说自己拿着退休工资，不缺钱，开药方不过是为了做好事。送礼物的人尴尬离去，再来时带着树苗、花苗，祖父便欣然接受，亲手种下。春天一到，各种花开了，姹紫嫣红，蜂蝶飞舞。

最美的还是樱桃树，花开得最多，果实最甜。春夏之交，它撑开绿色的大伞，成了一个路标，那时街上的房屋低矮，站在小镇上很多地方都可以一眼望见。阳光洒下来，晶莹剔透的果实在风中微微颤动，路过的人绕到屋前，摘下来尝，总是赞不绝口。有时，樱桃树下还摆着簸箕，晒着菊花、金银花、鸡冠花、鱼腥草……都是药材，有需要的，抓起一把带走，留下一连串感激的话。祖父常说，"与人方便，自己方便"，其实我知道，他从未想过要别人给他方便。

我在外地求学时，祖父总会念叨下次回来就不一定看得到了。我参加工作，结婚生子后，祖父又对小孩念叨同样的话。听得多了，我只当那是一句戏言，是老年人对长寿的不自信。我笑道："怎会看不到了，您老要活一百二十岁的！"说得多了，我竟然也糊涂地以为这是真的！我从未想过祖父会突然离去，只记得他挂着拐杖，深褐色的手背上青筋突起，头发近乎全白，笑容慈祥而温和。祖父跟我讲他小时候的事情，讲曾祖父胆小不敢跟地下党走，讲地主家的胖儿子怎么气走私塾老师……我对他的记忆力好而十分吃惊。有时候，祖父神秘地说："我死了，你把那本绿色的药书拿走，那是无价之宝！他们看不懂，不给他们……"我暗暗发笑，觉得祖父说这话的神情与老顽童那么相似。后来我说：等我把房子弄好了，接您去玩……

然而，我终于再没了说这话的机会……有些遗憾永远无法弥补！

清明的雨纷纷扬扬，我默默地看着空荡荡的院坝，樱桃树下的祖父走了，孤零零的樱桃树在雨里静默着……

——写于 2015 年 4 月

井

我们老家的小镇上有一口井，三面环绕水田，一面倚靠山岩，山岩前有几座木阁楼，人们唤作"吊脚楼"。解放前，这里是地主的院子，曾经有土墙围着，看不到井，只有碧绿的芭蕉叶伸展出来。历史的天空总会一页页翻卷，地主没了，高墙拆了，吊脚楼破败不堪，唯有那口老井，安静，深沉，蓄积甘冽的清水，依旧造福后辈。乡村的印记，在岁月的洗礼中愈加分明。

那口井周围的两户人家，一家卖凉粉，一家卖豆芽，每天所用的清水，都来自井里。他们勤劳致富，最早买了电视机。一到天黑，小院坝里就摆满了板凳。老人们一边看电视，一边喝着井水泡出的酽茶，夏风拂过井沿，传递着阵阵凉意，那是一天中最惬意的时光。"全靠那口老井的恩惠！"乡邻们啧啧赞叹。彼时，嘉陵江的自来水已经通到每村每户，却常有人挑着木桶去那里打水，大家总觉得井水做饭比自来水做饭好吃。

有一次，镇上来了四个高个子的外地年轻人，他们拿着"打井"的纸牌子，用奇怪的方言到处招揽生意。自然是没有生意的，人们像看外星人似的打量着他们。

那几个年轻人很泄气，把打井的器具扔地上，苦着脸蹲坐在街口。父亲路过时，他们正在叹气，相互埋怨。父亲说："那你们先去我家看看吧？"他们面面相觑，几乎不敢相信。

父亲叫母亲蒸好满满一甑子饭，把腊肉洗净。母亲很不乐意，她心疼钱，况且，有自来水还要井干嘛？"你没看见，那几个人快饿晕了？吃了饭再说。"父亲低声道。

父亲陪那四人吃饭，母亲带我和妹妹没有上桌。那几个人很少说话，只是风卷残云般把所有的菜吃了精光，碗里白净得没有一颗饭粒。他们腆着肚子，打着饱嗝，要去屋后看地形。父亲说不急不急，休息一下再看。但他们迫不及待地围着老屋转悠，父亲跟在后面，指着一排岩石说，这里不适合打井吧，其实我们也不是很需要井。

"怎么会不适合呢？大哥，你是不是嫌贵？我们少收二十，给一百六怎么样？"为首的年轻人有点急了。

"不是，不是。"父亲摆摆手，不知该怎么委婉表达。

"大哥别变卦啊。你看这里，把面上的石头撬开，下面绝对是一股好泉水！"另一个年轻人拉着父亲看脚下的青石板，一边把卷尺掏出比画着。

那就，打井！

早春天气里，他们赤膊上阵，撬开石头，钻头旋转，机器轰鸣，很快吸出一堆泥浆，邻居们过来看着热闹，小孩子学他们的腔调说话，一派前所未有的热闹场景。

一股清幽的泉水汩汩涌出，大家拍手叫好。

临走时，为首的年轻人接过工钱，握住父亲的手，激动地说："大哥是好人！这口井，我们挖得深，你就放心地用！"

父亲送他们出去才知道，坐在街口的时候，他们不只饿了两顿，连返程的车费都没有。

我们的井和"吊脚楼"的井不同，是一口压水井，水泥封口，有活塞，先掺入一瓢水，把手柄扬起下压，井水喷涌而出。

多年以后，上游的工厂严重污染了嘉陵江，人们重新请人凿井，还在自家房顶修了小型的蓄水池。楼房替代了平房，街道铺平了田垄，曾经像眼睛一样清亮的水井被水泥覆盖遮掩。

此时的井，已经不是我记忆中写满沧桑，如同脐带将我们与厚重的大地相连的老井。然而，与井有关的时光，像井水一般滋养心灵和美德，在尘世里闪烁，熠熠生辉。

——写于 2016 年 6 月

吾家有妹

正在过马路，蓦地感觉到电话在衣袋里很有节奏地振动着，我快速摸出来瞅了一眼，见是妹打的，就又把它揣进去了。知道她打电话是没啥事的，无非是一些生活琐事——昨天逛街了，今天喝茶了，十点才起床，等会儿去买菜……诸如此类，毫无新鲜感的小事，可她就喜欢打，而且开口就是："妹，在干吗？"我总是没好气地答道："在做事，妹，你以为姐能像你那么悠闲？"我们都喜欢以姐自居，可是，她是冒牌的"姐"。

去年我们都在娘家过春节，妹去街对面的茶坊打麻将，我去叫她吃晚饭，妹的对家抬头望了我一眼，笑着问道："两姊妹哪个是姐姐？"妹抢答道："当然是我！"我只好傻笑。那位对家的大姐自信地补充了一句："和我猜的一样。"

　　我到深圳去玩，妹陪我逛商场。她总是替我挑选和决定，遇到我舍不得花钱的时候，她就慷慨解囊。她自己呢，如今不怎么喜欢打扮，说长胖了，穿什么都不好看，然后还故意补充一句"幸好嫁出去了"。这话是我奚落她时说的，其实情况并没有这么糟糕的。服装专柜的小妹说："你妹妹穿的这几件都很好看。"妹就在一旁附和："我妹的身材就是好。"我一高兴，钱就花出去了。这世上，舍得如此自毁形象来成全我的虚荣的怕也是仅此一人了。所以，在妹的家里，我简直乐不思蜀。

　　妹一直很悠闲，很多年都是，上学那阵，正赶上教我的老师教她，所有老师都拿她和我比，随时都在教育她："你要是像你姐姐那样勤奋，成绩不知有多好！"这话其实有两个意思，一是：妹成绩不好，确实很懒；我很笨，可是勤能补拙；二是：妹头脑比我灵活得多，只是不爱学习。结果，我考上大学了，很多年还被老师当作榜样夸着；妹自然没考上大学，老师们很遗憾，说，多可惜啊，那是好聪明的一姑娘！——其实，后来，大家都明白了一件事：考上大学未必找到了幸福，没考上的人不等于活得不成功。

　　我妹没上大学，家里花了很多钱，把她送到了自费的财贸学校，毕业后进了乡镇上的税务所当会计。2000年那阵子，好多人找不到工作，她这样的经历招来过不少同龄人的嫉妒，可是，妹偏偏不在乎这传说中的"铁饭碗"，照旧地悠闲生活、愉快购物，当"月光族"这词还没流行的时候，她俨然就是"月光"。

她一贯我行我素，让税务所长很不高兴，他们常常发生争执，妹便愤怒地宣布不干了，然后扬长而去，再也没回那个单位……父母差点气晕过去，好说歹说也扭转不了她那固执坚定的心，最终只好由她了。家里没法待，妹在炎热的夏天去了深圳，在一个邻居的帮助下，找了个卖家具的工作，后来换过几次，最后进了保险公司。妹一直很有财运，但赚钱后也经不起她快速消费，所以，好几年里，除了满柜子的衣服外，几乎一无所有。

　　最让家里人愤怒的是，29岁时她还没结婚。妈生气时也骂过："你也要量体裁衣，自己又不咋样，要挑剔个啥！"起初我妈的那些姐妹们介绍的小伙子还有军人、公务员、做生意的，后来就成了什么离过婚的、年龄稍微大点但人踏实的……听得我都急了，那几年，我老爱梦见别人指责我："快三十的人了，还不结婚，你要等啥？"惊醒后总是疑惑：我家小孩都几岁了，怎么会有这样的梦！妹结婚后，我就再没做这样的梦，于是也明白了，姐妹连心，这都是妹的单身给逼的！可想，那时的妹顶着多大的压力哦，可她还很淡定！动辄故作深沉地解释一句："缘分未到嘛！"

　　后来，妹终于带了妹夫回家，妹夫是边远山区的，名牌大学毕业，在外资企业里做设计，最关键的是，人厚道朴实。父母如释重负，喜不自禁，叫他们倒贴丰厚嫁妆也是非常乐意的。第一次见到妹夫，是他俩在车站里接过我的行李时，妹迫不及待地问我对妹夫的看法，我毫不留情地说了一句："反正，配你是绰绰有余了。"妹瞪大眼睛说："你怎么和爸说的一字不差？"——

可怜的妹，很多年都遭遇着我们一家人的藐视！

其实，真正了解妹的魅力的是妹夫。

小时候，家里最常见的一种水果就是橘子，我们家乡出产这个，我爸从来就会教育我们"艰苦朴素"，要节约，要先苦后甜，所以，吃橘子也是要先把小的挑出来吃，而且一家人都约定俗成要这样做的。可是不知是哪天起，妹不干了，还振振有词：要先选大的吃，因为时间长了，橘子可能烂掉，如果剩下的是大的就可惜了。她的话很让爸妈惊讶……好几年后，我看到一篇文章上说挑苹果吃时，挑大的吃每天就吃得开心，因为每天吃的都是一堆水果里最好的那个；先挑有点损坏的，那每天吃的都是最坏的，一直到最后，好的也渐渐坏掉了……我当时就呆了，这不是我妹当年的那个惊人理论的翻版嘛！学历不高的妹有着惊人的超高的生活智慧，以至于从那时到现在，她一直都是我们家最懂得享受生活的人。

不仅如此，妹心地善良的程度，一般人难以想象！上学那阵，为了劝说同学把捉来的小麻雀放走，硬是用崭新的文具盒作交换。父母那时要杀养的鸡，是从来不敢说的，她不仅要哭得个呼天抢地，而且强力抵制诱惑坚决不吃肉……要知道那年月，物质贫乏生活贫困！家里有客人，才能杀一只鸡，多少同龄孩子正眼馋鸡肉鸡汤，妹却能如此倔强地珍爱那弱小的生灵！爸妈为此曾提前做过各种铺垫，例如："那只黑鸡不下蛋，干脆送给乡下的幺姨养吧！""今天那只九斤黄没回来，是不是被谁偷走了？"……

即使这样，也往往不能绝对隐瞒，妹总会发现那些屋后没有掩埋干净的鸡毛，于是又要哭一场……

那一年，妹和同事从南山区到福田区参加保险公司的活动，黄昏时打算回去，正好电话没费了，就在街边一个小店上买了一张 50 元的充值卡，上了车才去刮开密码充值。她忽然发现那张卡是 100 元的，于是立刻下车，打车回到那个小店，补了 50 块钱。在讲事情经过的时候，人家莫名其妙，简直不敢相信她是来补钱的，那个店员根本没发现拿错了卡……我没等她讲完就十分激动："也就是说，你为了退 50 元钱，就独自一人又打车回去！晚上了一个人不安全你不知道啊！"她说："你不晓得人家那么小个店，要卖好多张充值卡才能赚 50 块钱！我要是不退钱，晚上肯定睡不着！"

妹在我跟前一直是以"姐"自居的，有时候遇到分歧还会煞有介事地说："当妹的就要习惯服从，听姐的指挥。"天知道，她几时服从过我的指挥？有一天无聊时忽然觉得妹有两天没打电话了，就发了条信息逗她道："姐在干嘛？"她快速地回了一条"和你姐夫在逛街"——我不禁哑然失笑。

妹当年出生时，计划生育的政策正在全国上下风起云涌，我们家附近比她晚几个月的小孩要么被罚款了，要么甚至没有机会到人世间来走一遭。妹很幸运，所以我也很幸运，我童年见过独生子女的孤独，现在更懂得了妹带给我的快乐。小时候，我们因为吵架被妈打过很多次，长大了也闹过不愉快相互不理睬。可是，我想，如果真有来生，我还是希望出生在嘉陵江畔我的老家，依旧是严厉的妈，和善的爸，以及幸运的妹。

或者，如果上天能让她当一次姐……

——写于 2012 年 2 月

蚕

我的家乡南充，位于四川东北部，嘉陵江中游，自古以来被誉为"巴蜀人文胜地，秦汉丝锦名邦"。

小时候，家里养过蚕，屋后不远处有个缫丝厂，对于丝绸，我有着不同寻常的亲切感。童年的记忆宛若一片大海，那些关于蚕桑丝绸的画面如同翻卷的浪花，时时浮现在眼前。

每当一场春雨过后，房屋旁、农田畔、大路边，桑树醒来了，蛰伏了一个冬天的粗枝干上，一些淡绿的芽苞挤破了桑树皮，慢慢舒展。村里的人开始忙碌，春耕，播种，领蚕种。蚕种在一张厚纸上密集着，黑色的比芝麻还小的颗粒。大人们拿小刷子细致地把小簸箕清扫干净，摘来淡绿的嫩桑叶，拿干净的湿毛巾把每片桑叶擦干净。桑叶被切成小丝后，撒在蚕种上轻轻覆盖着。那些看似沉睡的蚕悄无声息地咀嚼着嫩桑叶，一会儿就把桑叶丝啃得个精光，留下光秃秃的叶脉部分，像一张细细的网。

桑树的叶子慢慢长大，蚕也在慢慢地长大，它们由芝麻点变成了白色小虫。它们对桑叶的需求量一天天地增加，那个最初的小簸箕已经不够它们爬行了，而大簸箕早准备好了。趁着蚕们匍匐在桑叶上，把它们连着桑叶一起托在手上，缓缓地移入大簸箕上。此时桑叶粗壮翠绿，比巴掌大，仿佛一张生态棉被，使得蚕们安然享受吃完便睡的舒适生活。沙沙的声音响起，它们在咀嚼，在吞咽，一个小圆孔出现，很快扩大成窟窿，蚕们从窟窿里探出脑袋，一边蠕动，一边享用，所向披靡，侵占领土一般消灭桑叶。

不到一个月，这些乳白的蚕宝宝们通体变得透明，还有的开始泛黄。又得帮它们搬家了。白天在野外劳作回来的人们，还得挑灯夜战。他们把田里收集来的油菜秆搁在屋角，把泛黄的蚕捧着放到蓬松干燥的油菜秆顶上，任由它四处张望，寻觅，蠕动，呕出白净的细丝。第二天清晨，屋子一角结满了雪白椭圆的茧子，密密麻麻的，果实一般，煞是壮观美丽。

专门收购茧子的地方，大家称作"茧站"，如今，虽然荒草萋萋，断壁残垣，每当路过那里，我仍能遥想当年的繁华与喧嚣。收来的茧子分类后，送到缫丝厂里。通过流水线，在滚烫的水里沸腾、翻滚，心灵手巧的缫丝姑娘们快速地拈起一个，找到了丝线的开端处，在上下起伏的梭子上绕几下，机器就带动着蚕茧开始抽丝。我们附近的这家丝厂，规模挺大的，车间里一列列机器前面，缫丝姑娘戴着白帽子系着白围裙在那里忙碌，而另外一个小车间里，一个个辘轳上缠满了雪白光滑的丝线。

这些华美的丝线，被织成了衣服、被面、丝巾。丝绸的衣服特别轻薄凉快，绸缎的被面十分华丽，作为婚庆的馈赠品是最适合的；而丝巾，则是我小时候最喜欢的一种装饰，它可以围在脖子上，可以系在长头发上，丝巾的一角，往往有水墨的小画，一般是梅兰菊竹，只是几笔勾勒，却十分精致典雅。

雨果曾说圆明园是"缀上宝石，披上绸缎的华丽宫殿"，可见，他生活的时代，一定见证了中国丝绸的精致和美好。不知道，雨果见到的锦缎，是否正是来自我家乡的那一匹，它们是否也在他锦绣的记忆里开出过水墨的花朵？

——写于 2013 年 3 月

那时的夏夜

那时的夏夜，我们都会到屋外乘凉。

在院坝里，或者去河岸上。忙碌了一天的人们都出来了，惬意地说着话，享受着凉风。孩子们是最快乐的，在院坝里奔跑着，藏猫猫，趁着月色跳格子，或者听老人讲鬼故事……男孩子会跑进黑暗的竹林里故意发出怪叫声，吓唬胆小的女孩们。

大家又迷上游泳，那时还没有游泳衣卖，就都穿着小裤小背心在嘉陵江的浅水处拍水嬉闹。我一直胆小，从来没下过水，怕河水把我给冲走了，也觉得那样的穿着很别扭，于是渐渐成了伙伴们遗忘的对象，也因此至今都还没学会游泳。但那时我也喜欢去河边上，看淡淡的月色溶在江上，而芦苇的清新气息正酝酿在水里，凉风从江面上袭来，一切都令人凉爽而舒适。河边有大片的光滑的鹅卵石，我常常会选一个平坦的坐下来，安静地享受夏夜的美好。

这个时期的大人们喜欢去听川剧，有时当当的锣鼓声会传到河岸来。热闹却并不喧嚣，平常我们听来觉得嘈杂的声音，在夜晚从远处传来，别有一番神秘的感觉，它们若有若无，既渺茫又真实。有一次，剧团把一个很破旧的锣扔到河边，很快就成了男孩子的玩具。最先发现它的是李强，他从河里爬上来，立刻像发现了宝贝似的冲过去，捡起那面锣，神气地拍打着，还反复地拖长声音念叨着："三更了，睡觉了。"引得河里传来一片笑声，刚学了名篇《伏尔加河上的纤夫》，伙伴们立刻拿来活用，都叫他"伏尔加河上的更夫"。

后来的夏夜里，我就在院子里的长椅子上躺着，哪里也不去了。遥望着深蓝天幕上繁星点点，只觉得自己万分的渺小与孤独。想想书本上学到的知识与老人们讲起的传说，总是更愿意相信浪漫的故事，认为科学太冷酷与理性。仰望茫茫星空，遥想宇宙的无穷，人生的短暂，不知道自己从何处来，要到哪里去。背诵着"寄蜉蝣于天地，渺沧海之一粟"，遥想，苏子当年看到的夜空可是眼前的夜空，彼时的赤壁今夜又是一番怎样的情景？那个年纪里，蟋蟀的鸣叫也会唤起一点幽思，一颗奔走的流星也会令我欣喜与惆怅。

再后来，夏夜似乎年年相似了，为学业奔忙完了为事业家庭奔忙，甚至对蔚蓝的星空，皎洁的月光，都没了心情去关注。

　　流年似水，转瞬间竟然走过那么多个年头。如今的夏夜里，城市的灯光取代了记忆里的星光，电脑荧屏的闪烁代替了曾经在心头荡漾的月光，什么时候，还能再去享受一下那些纯净静谧的夜呢？

——写于 2012 年 6 月

第二辑　人与花心各自香

"小女贼"的书

"唯有书与老公不可外借"——这句玩笑话曾在我的朋友圈子里广泛流传。

儿子得知后瞪眼道:"难道你儿可以外借?"

是的,儿子外借后自己会回来,但是,书与老公外借了还回得来吗?不过,小屁孩,这话你还不能完全明白。来,我们先说说,这柜子里的书,哪本你允许借出去?儿子眼睛一转,毫不犹豫地答道:"除了《小女贼》都可以借!"

《小女贼》是钱海燕的绘本,内容丰富,老少咸宜,不读则已,一读爱不释手。这套漫画集跟着我十多年了,晨昏相伴,忧乐相亲,甚至还一起躲避过汶川大地震,实在享有"集三千宠爱于一身"的尊贵。

　　大概是 2000 年前后，常常在各类报刊上看到一种很惊艳的漫画插图：慵懒的猫、盛开的莲、妖娆女子的背影、各种别具一格的小物什……凡是俗世之物，皆在漫画里绚丽明媚活色生香，更要命的是，旁边还有笔锋流转的行楷，从右到左，从上到下，俏皮而刻薄的言论不偏不倚地击中心弦。

　　于是，报刊亭前，我不再急于付钱、拿书、走人，而总想多翻几本来看，那毫不起眼的角落里，很可能就藏有一幅富含玄机的漫画，让人沉沦其中欲罢不能。盛夏的午后，我在一家小书店里忽然看到一套《小女贼》漫画集，仿佛跃入泛着波光的蓝色游泳池，晶莹的水珠瞬间凉透每一寸肌肤！扉页里，那个明丽美好的女子席地而坐，穿着白衬衫，长长的水袖垂在赤脚上，清爽如一朵灵秀的栀子花——那正是自己年少时虔诚许愿，渴望成为的模样。

　　虽是富含禅意的一套书，却是不必正襟危坐地读，最适宜倒躺在沙发上，脚抵着墙壁，头搁在沙发边沿，为某句话某幅图会心微笑、哑然失笑，甚至开怀大笑。而那些线条流畅的美人与旧物，飞花与青灯，雕栏和书卷，一见就怦然心动，跃身而起，立刻找出铅笔临摹一幅，仿佛找回儿时渴望学画的感觉。儿子就是这时候来凑热闹的，拿一本去看，就放自己房间舍不得还回来了，还不时把"钱氏名言"摘抄下来，贴在墙上——"知识不是力量，智慧才是"。

　　"中毒"的岂止他一人，我常常不经意地冒出一两句话，"美

丽但不聪慧的女人，就像没有香味的花朵，像无法点燃的华灯"，
"创作就像造谣，无中生有，乐在其中"，……众人惊愕再惊叹，
我赶紧解释，不是我说的，是那个美丽而聪慧的钱海燕说的。可
是，我多么希望自己也能"美丽聪慧""无中生有"啊！

　　汶川地震那阵，书房沉陷，比客厅足足低出五厘米，对面刚
清理了倒塌的楼房，时有余震发生。然而，搬家公司的工人大约
对读书人的神经病行径也看得多了，竟然不声不响地抱起一大摞
一大摞的厚书，匆匆往楼下的货车上搬，然后送到乡下朋友家里。
六月的一天，我去乡下取衣服，从一个大纸箱子里，我费力地抽
出《小女贼之细软》，它的一角高高地翘起，已经很难压平。翻
开书，那挽着发髻的妩媚女子，那秃顶低头的落魄男子，那酣睡
的猫，那含笑的花，那字字珠玑的禅意……都在。屋外，炽热的
阳光在葡萄架下分割着明暗的影子，我强忍着酸楚的鼻子，没有
落下一滴泪。

　　锦瑟无端五十弦。美人如花隔云端。

　　人生苦短，且读一本好书！

——写于 2014 年 4 月

闲说"小"名

一

在网上遇到一个多年前的老友，他说近来研究风水和姓名都颇有心得，所以特意来网上相告：很遗憾你的名字没起好……

我十分惊讶，敲了四字发过去——"愿闻其详"。

朋友说：鸿就是高飞的鸟，可是搭配在你的姓氏上，就显得束手束脚……因为"罗"就是"网"的意思，你想，网住的鸟，还能飞多远？一辈子无法大展鸿图……

我向来浅薄，更未想过要"大展鸿图"，但见他说得兴致勃勃，不禁有了一点好奇心。我说，依你之见，我这般年纪了，不是还要改名啦？

他很快发过来一段文字：只需将"鸿"改作"泓"就可以了，这个字让人一见就可想到高山流水，一泓清泉，非常雅致，和你十分般配……

这话让人特别受用，我的眼前立刻浮现出神奇的九寨，绚丽的五彩池，心向往之，特别想附庸风雅。这个字既然那么好，即使改身份证改户口本，即使逢人就说改名，也是值得的。

然而，等我把这字和我的姓写在一起后，就觉得碍眼了，同样是三点水的左中右结构的字，怎么看"泓"字都觉得没有"鸿"字好。半晌后恍然大悟：不能大展鸿图也就罢了，竹篮打水岂不是一场空？

二

接了个电话，是推销车险的，说是要找"罗鸿"，我很纳闷地答：我就是。对方愣了五秒后说：啊，怎么是女的？——谁说是男的呢？对方说：我看这个名字就觉得是男的……

想起秋天时参加一个笔会，旁边的女诗人听我自我介绍后，很惊讶地说：这么秀气的女子怎么起个男性化的名字……看来，渊博的诗人和勤劳的保险业务员英雄所见略同啊。

我特意去查了百度，上面解释说：鸿，本意指大雁，后引申出"书信""大"等意，精明公正，学识渊博，官运旺，中年成功隆昌，富贵之字。

看了几遍，觉得简直辜负了这么吉祥如意的字，何曾精明渊博，更何谈富贵昌隆哦。只是，这解释里也没说是男性用名啊。

怎么起的这个名？

当年上小学前，家里颇有学问的姑爷说："敏而好学，你就叫罗成敏吧。"中间这个"成"字是罗氏家族世代相传的辈分，这个名字凝聚了长辈的信任，不好学不聪敏简直对不起列祖列宗啊。然而连续几年成绩优秀，并不能驱赶体弱多病的愁云，父母忧心忡忡地找算命先生给算了一卦。先生神秘地相告：五行缺水，名字得有三点水的字补救。可是三点水的字那么多，用哪个好？父亲的疑问没有得到回复，算命先生讳莫如深，仿佛不肯泄露天机。父亲翻看字典几次，没有找到合适的字，索性把难题交给我。我就在部首检字一栏寻找，把有点顺眼的三点水的字都抄下来，筛选，删除，还是剩了一长串。选不出一个好字，改名的事暂时搁浅了。

假期里，一个远房的表兄来玩，他高中毕业没考上大学，想补习再考，家里人又催着去工厂接班。他背着一整套高中教材来我们家，一边无限惆怅，一边又满怀新鲜感地憧憬工人生活。我把表兄的语文书借来读，觉得其乐无穷。表兄给我出了个上联"蚕为天下虫"，说是对出下联就把书全部给我。这个对联着实把我难住了，几天都在咬文嚼字，眼看表兄快要上班去了，书还没有着落。我急着去问提示，表兄说，你找出一个三点水的字，这个下联就对上了。我赶紧再查字典，再看三点水的字，当"鸿"字跃入眼里时，"鸿是江边鸟"顿时脱口而出。一刹那，对这个"鸿"字滋生无限好感，觉得"江边鸟"这个说法好浪漫，让人一下子想起门口嘉陵江边，白鸥飞翔，掠过江面，翅膀掠起点点水花……于是，赚到六本语文书，还赚了一个名。

三

不知道是名字补救了五行，还是年岁渐长后身体转好，总之，父母对我的状况很满意了。转眼间就上高二了。

九月来到学校，迎面就看见公示栏贴满分班的名单。暑假前我报的文科，所以就在五班和六班里找，然而并没有，去理科班的名单看，还是没有。别的同学都找到自己的班级了，叽叽喳喳聚在一起帮我找，把所有的名字彻底看完了几遍，结论是真的没有。他们诧异地说：六班第二排有个罗湘，你们看到没，是不是写错了？

问六班老师，果然是写错了。"郴江幸自绕郴山，为谁流下潇湘去。湘字很有诗意，比鸿字好。"文科班的老师出口就是诗意。"不如就改成这个字了！"几乎是同时，两位好友对我说。我想了想，觉得还是原来的好，顺便给她们讲了讲那副对联。"早说啊，不如就叫江边鸟了。"她们笑道。那时候的校刊叫《新绿》，我还用这三个字做笔名写了首诗《风铃》，内容都忘了，这份矫情倒是铭记了。

去年夏天回母校开同学会，远远地听到一位同学兴奋地大喊：
江边鸟来这边坐！这亲切的呼唤仿佛一枚精致的钥匙打开了我记
忆的大门，青葱时光掀起一股清风铺天盖地而来，岁月陡然逆转
二十年……

四

我喜欢苏轼的诗句："人生到处知何似，应似飞鸿踏雪泥"。
大雪纷飞，天地间白茫茫一片，小鸟飞过，轻踏雪泥，驻足，觅
食，振翅，留下点点足迹。当雪花再次飘落，一切沉寂，一切复
原……人生一世，草木一秋，我们都像这天地之间匆匆飞过的鸟
雀，留下的足印或渺小，或单调，或固执，或精致，都抵不过岁
月这无声无息飘落的雪花。名字，不过一个符号。是我们来到世
间后才创造了这个符号代表我们，抑或这个符号早就存在，而我
们只是借它来尘世走一遭？我不能确定，但我想：既然来了，就
该尽我所能，让这印迹更加坚定和一丝不苟……

——写于 2016 年 1 月

我真的很重要

一

"中午过来吃饭?"父亲一只手扶着门框,另一只手在换鞋,手脚竟然不再利落。他在问我,语气很平淡,然后又补充了一句:"今天炖了土鸡。"我不怎么想过去,虽然开车去只要十分钟。放假后,我喜欢安静地待在家里,有时候甚至两三天不下楼。然而,即使我这般年纪,仍然是父母心里最重要的孩子,如果不去,他们一定会把亲戚送来的土鸡装进冰箱,直到我去吃饭的那天。

父亲一直热爱做饭,勤劳异常,身体素质很好,近年我却总觉得他苍老得快。父亲在我们小区外开辟了一块地,种了玉米和红薯,这两样都是我的至爱。然而,即使推开窗户就能看见那块绿油油的地，我仍然懒得去掰一个玉米，摘一点苕叶。父母住在我以前住的地方，他们不想爬楼梯，也不喜欢看我们睡懒觉，偶尔大清早乘公交车过来，侍弄完菜地，再掰些新鲜的玉米拿上楼。父母喜欢劳动，喜欢早起。

父亲当过兵，上世纪70年代早期的北京卫戍部队里，父亲负责给首长站岗。去年，父亲带母亲去开战友会，有不少战友当了市级领导，也有经商做大老板的，还有不少待在农村里朴实劳动一辈子的，他们的战友会开得如火如荼，大家畅谈半个世纪以来的人生经历。母亲后来告诉我，父亲居然讲了半天他引以为豪的两个女儿，我一边看他们战友会上的照片，一边笑道："爸，你跑题了。"父亲说，当时觉得其他没啥好讲的，女儿虽然普通，但一直孝顺，从来没让他操心，比起那些做官的战友，自己就是个好父亲而已。听得我只想落泪。

想到这里，我忽然发现，父亲早下楼去了，我赶紧打开窗户，探出头，对着他的背影喊道："爸，我中午过来吃饭。""知道！"父亲挥挥手，我看不清他的脸，但我知道，他一定在微笑。

二

"你真的很重要！"我那帮亲密的同事闺蜜兼歌友牌友驴友如是说。

那一次，我陪父母去九寨玩耍，回来的路上，她们打电话来约我去唱歌，我说，你们唱吧，我很累，没有唱歌的雅兴。她们兴致勃勃，却最终没有去成。问起原因，个个都说，"你没来，我们不想去。"我的天，我哪有那么重要？可她们坚持说，你真的很重要。那是我重要还是她们重要？我清楚地记得她们每个人的"代表作"，唱歌时候点那些她们自己都会忘记歌名的保留曲目，我在签单时候曾经抽中过一件啤酒（唱了好多次歌也没喝完），很多次深夜唱完歌后，提着胆子驱车送她们回家……让我姑且相信她们说的是真的吧。我们曾经一起到广西看溶洞，去红原过草地，到北川赏辛夷花，情投意合，少一个都不行，谁说同事间没有真正的友谊？

前段时间，她们一直想带孩子去农场摘番茄，邓亲打电话过来时，我正在窗台边晾晒衣服，烈日当空，我可不想晒成八筒的颜色，没答应。后来她们一见我就说没摘成番茄，只怪我怕晒太阳……亲们，你们不怕晒怎么不去呢？可她们说，你不去，我们去干什么？这次，蜜师和杨亲叫我一起去西安，我说孩子要补课，明年去。蜜师恨恨地说，你今年不陪我们去，明年休想叫我陪你去！杨亲还发信息说，"我们会把美景拍下，羡煞旁人，哈哈。"一看这信息就会同时在脑海里浮现她那张得意夸张的笑脸。哈哈，我不是很重要吗，你们还这样待我？

放假后约打牌，我说本人想戒赌，不要挑战咱的自制力嘛。可她们说，一个麻协主席，想戒赌，没门！我还忘了，她们封我做麻协主席、歌友会主席、旅游协会主席……哪有这样被藐视的主席啊！其实戒赌这样的话说过多次，她们早知道我只是说说而已。我曾在 QQ 上说，"本人决定退出江湖，"钟亲就回了句，"我在江湖等你复出"……有一次，我在"说说"上写："至今遗恨迷烟树"，钟亲立刻跟了句："恕我孤陋寡闻，什么是至今遗恨迷烟树啊？"我答："至今遗恨迷烟树，列国周齐秦汉楚，赢，都变作了土；输，都变作了土。"元代散曲大家张养浩，若是知道我引用他悲愤的诗句来抒写打牌的心情，该是怎样的怒不可遏？

那天费亲更有意思，给我打了好几个电话，正好人机分离，一个没接上，她发了一条信息说，"看《相爱十年》的大结局，心里很堵；你电话没通，心里很窝火。"这两句话是并列关系还是因果关系？可怜的费亲，为个肥皂剧心里堵得慌却找不着倾诉的人，我真的很重要哦。

三

"我有那么重要吗？"我问老公，他从电脑面前抬起头，肯定地说："是的，你不在的时候，我和小孩就像找不到组织一样。"——自从放假，你就没日没夜地打游戏看世界杯，说的比唱的好听！

可是，这样的假话，还是让人很受用啊。

——写于 2014 年 7 月

学车轶事

"大风起兮云飞扬，我的驾照兮在何方？安得开车兮走四方？"

"一张驾照，两年光阴，三四个师傅凶神恶煞，五六次考试惊心动魄，七上八下的心，九曲回肠的路，十分折磨。"

这是曾经考驾照的时候，我写下的两条微博，足见当时的崩溃心情。

好在现在总算能气定神闲地开车了，起初乘车的同事说我不像新手，这话大约有鼓励的意思。但是，我经过那番痛苦挣扎后，确实不介意后面的车不停按喇叭催促，也不介意前面的绿灯即将闪烁成红灯，我自按照我的速度行车，由此，我一直想在车后贴句话——"一直被超越，从未被模仿"。无奈没找到有这么独具个性的车贴，只好作罢。现在，总结我开车的状态，应该是：技术很幼稚，心态很成熟。或者，"不管风吹浪打，胜似闲庭信步"。

能练就这宠辱不惊的状态，全凭当日师傅们的严厉批评。

记得刚进驾校时，车的结构都不知道，便要开车练习走直线，遇到要直角转弯，就听师傅在一旁咆哮："打死！打死！"我的天啊，大汗淋漓，如履薄冰，哪里知道"打死"是把方向盘打死啊，差点以为不会开车就要被打死了！而且我发现，学员们的动手能力和学历、年龄几乎是成反比的。师傅的这句口头禅，往往是学历越高年龄越大的人越不易直接领悟。

有一次，我们去练路，迎面过来个车，大约是新手，转弯把方向盘扳得过多了，正当面色尴尬时，我们的吴师傅探出头饶有兴趣地看着人家，然后意味深长地问道："你是哪个学校毕业的？"那人诧异地看着他，还没弄懂问话者的意图，师傅笑呵呵地补充了一句："你应该到我们学校来继续深造。"随即，一脚油门踩下，车子扬长而去，留下那个"需要深造的人"怅恨久之。可见，技术不过关是要遭到鄙视的，我不愿意"深造"，所以，我一直很认真很虚心。

吴师傅喜欢开玩笑，学员们比较喜欢跟他练车，他的典故也最多。他曾经多次向我描述过一个叫什么梅的，说是他见过的最笨的学员。说这话的时候他还没忘记笑着补充一句："你比她还好点。"我失落地想着，师傅你要是不说这句话我会很感激你的。师傅眉飞色舞地说，这个梅在坡道起步的时候，把油门踩到轰轰地响，然后一把丢了方向盘，一边甩着双手大声喊："啊啊啊！师傅啊，完了啊！"我听吴师傅说这个典故不下五次，每次他还很生动地模仿那个梅丢方向盘甩手的样子，想起他说我比她"还好些"，就很郁闷，难道我什么时候丢过方向盘？

田师傅要严肃很多，他从不开玩笑，天天板着个脸，谁要是错一遍两遍，他都不说什么，若是再错，他就侧着脸狠狠地说："是猪啊，这么笨？"大家听了只好沉默，表示承认和猪差不多。但是有一回，一个小师妹不高兴了，她踩住刹车，严肃地转过脸回敬道："师傅，我们不会开车你就说我们是猪？你敢不敢跟我学织毛衣，你不会织也是猪！"师傅大约被她的逻辑弄晕了头，一时语塞。我们几个低头坐在后座憋着气，不敢吭声，更不敢笑。但那以后，田师傅便很少骂我们是猪了，所以，小师妹的存在简直改变了我们的处境……

还有个尹师傅却不管那么多，他是个急性子，看见谁错了，就急得咆哮个不停。那时候，我最怕过"单边桥"，不是上不了桥就是半路上从桥上掉下来，尹师傅每到这时，就会着急地说："你是咋开的？你看前面都是偏的！你连距离都估计不到！你左右都分不清啊！"他的脸很黑，眼睛很圆，声音很高亢，这个时候我满头雾水，只好小心翼翼地问："师傅，怎么才能看得出单边桥在哪里，车轮在什么位置我也不知道啊。"尹师傅说："你要估计！估计！"我后来总结，在尹师傅那里学车，自己至少应该会开车，最好是驾龄一年以上，只需考试。

　　学车的时候，认识了很多师兄弟师姐妹，我喜欢和他们交谈，向他们学习，这样减少了挨骂，也多了很多惺惺相惜的时候。记得洁师妹曾跟我说，每次学车前，总是要做很久的思想准备，它几乎成了一块心病，成了生活中不快乐的因素。就是这句话使我和她成了知音。洁师妹那时算是很笨的学员了，不过她从来不抱怨什么，对于师傅的责骂，最多的就是沉默地听着。那时候，尹师傅还训斥她说："说你，你还没反应！你听懂了没？"洁师妹后来问我，是不是师傅需要我不停点头才算？

　　一年后，我才知道，洁师妹毕业于西南财大，纯属高才生范畴。可是，她最终没考到驾照，两年的期限就到了，不知后来是否继续去报名和考试？我常常想起她，觉得很遗憾，没考过自然不是她的错，更不是师傅的过错，然而，能怪谁呢。其实，中国的所有学习和培训几乎都有应试教育的意思，洁师妹在高考中出类拔萃，可见她的优秀。可是驾校考试中，她是抱憾离开的。

　　有一天，我提到自驾游的时候，一个朋友在聊天窗口上回答了一句："我只有 D 照。"我顿时哑然失笑，这话足以让我对他的幽默另眼相看。可见，没有驾照丝毫不影响快乐地生活，这是当年我和洁师妹都没有领悟到的。

——写于 2012 年 12 月

秋阳下的柚子

一

秋天的午后，阳光穿透云层，仿佛在流泻金灿灿的瀑布。

路边停了一辆小货车，车上堆满了黄绿的柚子。卖柚子的小伙子，瘦瘦高高的，在忙着挑选，称重，装袋，人气很旺。路过的人有一口气买五六个的，搁进车子后备厢里，心满意足而去。

我不禁停下脚步，我喜欢这硕大青绿的果实，总觉得它由内而外地透着一种蓬勃的力量，那朴素的清香也是一种让人充实并且温暖的气息。

我挑出一个皮薄匀称的柚子，随意问道：是彭州柚吗？

他立刻点头说：嗯嗯，是刚运过来的彭州柚。

我笑道：我要是问你是琯溪柚吗，你是不是也要点头说是刚从福建运来的琯溪柚啊？

小伙子脸红了，很不好意思地压低了声音说："其实是蒲江柚。你那样问，我以为你只买彭州柚。"

他这么实诚地说话，我反倒有点不好意思。这个年代里，很难看到因撒谎而脸红的人了。我不由得继续挑着柚子，总觉得为他说了这么句真话，我就该多挑一个似的。柚子不像葡萄、樱桃，不能尝一颗再买，况且剥掉这厚厚的外衣也真是困难，但我深信，这个柚子不会差，根据买家来选择水果应该还算是个好办法。

小伙子把剥好的柚子装好，又把柚子皮装进另一个袋子递给我，我有点诧异，这脱离果肉后的绿皮，皱巴巴的，除了香味还浓郁外，好像没什么独特之处，不知这个装起做什么？小伙子得意地说：可以净化空气啊，可以放冰箱去异味啊，要是有兴趣，还可以把白色的部分取出来做柚皮糖……

蛮有学问的样子。给了钱，接过袋子，继续走。路边田野里，几棵芦苇在秋日的阳光下挥动着丝绒一般的花穗，格外惹人注目。我把装着柚子皮的袋子拿到鼻尖闻一闻，觉得香味甘醇，仿佛也望"柚"止渴了。

善良质朴的人就像这秋阳下的柚子一样，果实圆满，芳香四溢。我收获了味美的果肉，还收获了毫不起眼的柚子皮，原来，它还能如此实用。

我喜欢把这种意外的收获当作上天别具一格的馈赠。

二

有一次，我去老师家里接受毕业论文指导。这是一位让人敬仰的老先生，他很严谨，但对我还算宽容。记得那时候我热爱着所有关于文学的科目，不管是先秦文学、唐宋文学，还是外国文学，成绩都算优秀。老师教现代文学，经常给我们放电影，然后要求写观后感，意义深远啊！

晌午的阳光从落地的玻璃上投射过来，地板和玻璃一样明净，一样反射着光芒，屋里洋溢着温暖而明媚的气息。老师缓缓取出眼镜，把写着论文的一叠作文纸打开，一段一段地认真看着。我坐在沙发上，有点拘谨，不知该说什么。这时，一边穿着衣服一边蹒跚走着的师母过来了，她笑着说，吃水果啊，这是福建的沙田柚，甜得很呢。我这才顺着她的目光看见了茶几上的柚子，一瓣一瓣地放在果盘里，玉一样的光洁晶莹。师母剥开一瓣递给我，一边絮絮地说着话：这上了年纪，牙齿不好，连柚子都不能吃了，可惜啊……原来，这果盘里剥好的柚子全都是待客的。师母退休多年，曾是特级教师，和老师一样德高望重，我怀着敬畏之心去他们的家里，却不曾想到，师母慈祥亲切，如同儿时家乡随处可见的邻家老人。

那天吃了好多瓣柚子已经不记得了，但它的甜味实在渗入了记忆。师母说，柚子被阳光晒得越久，味道就越甘甜，年轻人也是一样啊，要好好打磨自己。

很多年里，每当遇到工作上的不愉快，我总是想起师母的那句话，然后暗暗告诫自己，此刻的曲折和不顺，或许就如柚子在经历炽热阳光的暴晒，只有晒得足够多，足够久，才能结出甘甜的果实。那些对我苛责的人不再面目可憎了，顿时感到天地开阔，云淡风轻。

其实，是否结出一颗甘甜的果实也不再那么重要了。重要的是，在烈日的暴晒下，挺直脊梁生长，是多么有成就感的一件事啊！

三

想起二十年前，一位同窗兴致勃勃地向我描述道："太好吃了，'柑子'是我们那里的特产，我可以一口气吃完一个。"

"一个？"我嗤之以鼻，哂笑道，"我们老家也算是四海闻名的果城，我们那里也盛产柑子，我一口气吃四五个都没问题，你吃一个也在这里炫耀，可见，你们那个柑子并不好吃！"

同窗待了半晌，把我从头到脚打量了一下，惊诧地问道："你确定你吃过四五个？不可能吧，你没这么豪爽吧？"

"改天吃给你看！"我豪气干云地答道，"不就是四五个柑子吗？我小时候还爬在树上边摘边吃……"

最后这句实在是吹牛，语不惊人死不休啊，真实情况是坐在树下吃，像我这么头脑聪明四肢笨拙的人哪里敢爬上树！这样说，无非是想表达：我们那里到处是果树，我们那里谁都热爱吃柑子嘛！

几天以后，一个周日的下午，我那同窗骑着个自行车，后面驮着个口袋，圆鼓鼓的，沉甸甸的。他还没擦被太阳晒得通红的脸上那一道道汗水，就一言不发地走到一张大讲桌旁，把口袋倒转，松开口子，扑通，扑通，几个皮薄肉厚的柚子敦实地跌落在桌子上，好大的柚子啊！我吃惊地往后退着，仿佛为了提防它跌落砸到脚上。"吃吧，一口气吃四五个！"同窗看着呆立的我，得意扬扬地说，一副专治不服的样子。

我在那一瞬间里终于大悟了，随即也更加不服："这不是柚子吗？你们那里叫它柑子？"

"是啊，难道还有别的柑子？"

可是，我们那里明明是橙子才叫柑子啊？该怎么解释这个地域差异带来的问题？

《晏子春秋》中说："橘生淮南则为橘，生于淮北则为枳，叶徒相似……"

可是，那金秋十月的阳光下，脸上细细的绒毛都被照得一清二楚的青葱岁月里，谁有闲工夫去管柚子、橙子、柑子是不是一家的？光是灭掉那一口袋清香扑鼻的果实就够我们花半天工夫啊。

——写于 2015 年 10 月

我　哥

童年时候，那些有哥的女同学天生就要多一分霸气。她们可以挑衅似的看着男生，用目光传达"信不信叫我哥揍你"之类的信息；她们也可以骄傲地斜视着身旁的女生，仿佛身边每个女生都有暗恋她哥的嫌疑。

我是家里的老大，有妹没哥，从小弱不禁风却要扮演保护妹妹的角色，这使我很多年里十分怅惘。

成年后发现，女人对丈夫的称呼可谓丰富，我却只喜欢叫哥，把他的来电名称设置成哥，还管他手机里对我的称呼只得是妹……纯粹是童年缺乏安全感所致啊。

哥是个诗人，上大学那阵子老写诗歌，把我感动得稀里哗啦，一不小心坠入文字编成的网里，一辈子就栽进去了。我真心觉得那时爱上的不是哥，而是哥的文字。学校里举办校园文学大赛，我投了几篇去参赛，一篇也没获奖；哥只是把他那本写诗的笔记本递给我说，帮忙选一篇！我认真地看了一遍，觉得每首都好，就合拢本子任意打开一页，是一首《横穿诗经》，结果一等奖就是它了。哥领了一百元奖金，请我们寝室和他们寝室的吃火锅，居然没花完。真是个简单纯洁的年代啊，连火锅都是清香廉价的。第二天上当代文学课，课间，我们和文学老师闲聊，老师饶有兴趣地看着哥说，下节课讲朦胧诗，你来给大家讲讲写诗的感受怎么样？——当然是没讲，我哥这么腼腆的人，哪里有那份气场啊。不过，我却因此对他佩服得五体投地。

　　这个诗人，现在却很少写诗。时间去哪儿了，诗一样的情怀去哪儿了？哥说有人写诗为了成名，有人写诗为了赚钱，而他写诗只是为了娶老婆，既已经娶到，何必再写？这样的话还理直气壮！

　　有天哥写了两首发给我：

江上即景

孤篷踉跄向斜阳，唳鹤惊飞满大江。

前程试问横桨处，欲去东乡是何乡。

江上有怀

半边赤日浮天畔，一片枯舟绕浪端。

过尽千山皆错过，人间问道最难堪。

看了就很喜欢，不愧是哥写的，但我故意撇嘴说：十年磨一小刀啊！

这么多年里，哥写了无数迎接上级检查的公文，给领导写了无数发言稿，诗歌却都埋进了记忆里。遥想当年，他豪情万丈地把刚写好的诗稿撕下来递给我说，拿去发财。一切恍若昨天，然诗人不再有，久经磨洗的岁月里，唯独还剩这个朴实无华的亲人！

哥是个好人，每次看到要钱的人，他就会习惯性地掏钱。有次见他一路上掏几次就忍不住说，他们可能是骗子，哪有那么巧，这几天全是走亲戚不成钱掉光了的？哥说，就算是骗子，说不定看到我们对他好就不忍心再骗他人了呢。我觉得他这话简直经不起推敲，但是又不得不和他一样，不过我可没他那么好心，只给年老的，年轻的要钱，一律视作骗子。

汶川地震那一刻，哥在楼上我在楼下，我惊惶地跑到空地上，回头看见身后的教学楼就像一个挣扎着的巨人，仿佛在努力地克制自己不倒下。学生全跑下来了，同事几乎也跑出来了，却不见哥的影子。我慌张地大喊，终于见他和一位同事趔趔趄趄地从楼梯口下来了。后来听他说，他正跑向楼梯，却见前面的马姐跌倒了，他伸手去拉没拉住，却因为房子剧烈晃动，也跟着跌了下去，他俩好半天没从抖动的楼梯上站起来，这一跤却正好救命啊，倘若当时他们任意一人能够顺利跑下去，就会正好遇上楼顶风貌工程砌的砖头纷纷坠落……吉人天相，我深信不疑！

哥是个歪人。那天晚上我洗完脚在剪趾甲，一不小心把趾甲旁边戳了个小窟窿，血还没冒出来我就尖叫起来，哥惶恐地跑过来，掰着脚趾头看了两眼，转身抽了张纸递过来训斥道：怎么这么笨，快点包起，免得漏饭出来！——我简直欲哭无泪！

我们家小孩在应试教育的战场上屡战屡败，哥是这样说的：你不像你老汉儿这么聪明也就罢了，起码得像你妈那么勤奋吧，你倒好，像你妈一样笨，还像你老汉儿这么懒！听完这话，我和小孩都惭愧得要哭了！不过，这并不影响我们日后嘲笑他懒惰。

除了洗碗，哥在家很少主动去做家务事。但是每次去我爸妈那里，他便是最勤快的人。不仅如此，他还跟他们最贴心，陪着他们说话，身体一有不适，他最先察觉，也最先陪父母去医院。因此，他也动辄以此来批评我和我妹不够关心孝顺老人，简直不像亲生的女儿。有时候我甚至会想，大约哥才是爸妈亲生的，我当我爸妈家的儿媳算了。

一不小心，哥与我已经共同生活了十五年，平淡简单，波澜不惊。人生能有多少个十五年啊，这份亲情，值得我永生珍惜。

——写于 2015 年 4 月

集市断想

形容一个主妇，人们喜欢用"精明能干""勤劳持家"一类词语，这是对女人的高度评价，然而我天生与此无缘。生活不止有眼前的苟且，还要有诗和远方。诗和远方是够不着的，眼前，单是在市场转悠，已令我无比为难。

瘦骨伶仃的菜不入眼，肥硕艳丽的菜，担心是转基因；买多了怕一顿吃不完，留到第二天不够新鲜，买少了担心品种少，缺乏营养。

喧嚣的市场里，我总是带着与年龄不相称的无知：这猪肉的颜色怎么不对啊？卖肉师傅打着哈欠，一句话令我终生难忘："昨晚熬夜打麻将，起来迟了，没时间注水。"

那只趾高气扬的公鸡刚给对面笼子里的母鸡唱完歌，老板就拎起它的脖子割断它的咽喉，接下来扔到一个带着毛腥气的简陋机器里，电源一开，不停旋转，旋转，直到漂亮的羽毛纷纷落尽。宰、剖、砍、剁……十八层地狱也不过如此吧，人类有多残酷！

杀鱼，有着比杀鸡过之而无不及的血腥，老板强有力的肥手握着鱼的尾巴，把鱼头朝下使劲敲打，像砸开一个有坚硬外壳的盒子。"啪嗒"一声，那条拼命挣扎的鱼就被搁到砧板上，刮鳞，剖腹，掏腮……鱼突起眼睛，鼓着腮帮，气息奄奄任人宰割。是清蒸还是煮片？老板问。是断头还是凌迟？想起莫言的《檀香刑》，不寒而栗。可恨的是，我一边惶恐，一边还要放它在高温里烹熟，吃其肉去其骨……

市场里的尴尬远不止于此。杆秤上星星点点的记号代表几斤几两我是不知道的，也不懂得讨价还价。买到八元多九元多的时候，怕揣角票，我总是主动说，别找了，添几棵小葱凑够十元。曾经在香港见过卖蔬菜水果，不用称，都是一把菜一堆果标个总价，这个适合我。

那个卖调味品的年轻女人抹着亮丽的口红，笑容里满溢着夸张的热情，张口闭口很甜腻："亲爱的，找你钱""亲爱的，请慢走"……

我常常去街口转角处的摊位买菜，那里菜品丰富，整齐得一目了然，女人动作麻利，先递几个袋子，等选好后她就一一放在电子秤上，报单价和总价，五毛钱以内的都不收。而她丈夫来帮忙时，哪怕是十元零几分，他也要收十一元再翻出九毛找零。这种差距令人啼笑皆非。我坚持在那里买菜，源于一个雨天里，女人主动找了个大袋子，帮我装好所有的东西，甚至帮我撑开伞。细节里的真诚令人难忘，我相信她的善良，所以相信她的蔬菜。

那个胖女人的菜，我是决不会去买的。有一次，正看一小姑娘剥豆子，饱满的青豆带着生鲜的气息，犹豫着该买一斤还是全要，无意间见胖女人在一旁卖力地使眼色，还挥手示意，我疑惑地过去，见她狡黠地笑着说："她的豆子不好，买我的。"顿时兴致全无，索然走开。

晨曦唤醒集市，开始新的一天，我走过小巷，阳光把一堆嫩南瓜分割成青绿和金黄两种色彩，而饱满的水珠正从莴笋叶上一一滑落。集市里日复一日的喧嚣和平淡，平淡日子里的琐碎和芜杂，或许才是生活的本色。

——写于 2016 年 7 月

人与花心各自香

　　九月，开学的季节。每年此时，从闲散慵懒的暑假走进幽香袭人的校园，总有一种焕然迎接新岁的欣喜。

　　黄桷树的枝叶愈加繁茂了，围墙上各种藤蔓在舒展筋骨，墙角，各种喧嚣的野草在蔓延。整个暑假，没有奔跑的孩子经过，它们可以肆无忌惮地宣泄生命的热情。寂静的校园里，偶尔的一声蝉鸣，似乎给悠长的假期画上一个休止符。

　　就这样，新学年开始了，在草木葳蕤，桂子飘香的时节。

　　路过的人都会驻足停留，仰起头，望桂花，再闭上眼，贪婪地呼吸，那幽香沁进心脾，令人神清气爽，心旷神怡。人们习惯地拿出手机，想拍一张桂花的剪影，可是，满树都是细碎的金黄，哪一朵都是看似简单的四瓣，哪一朵都不能单独成为照片的特写，这似乎是遗憾的，但也正是完满的，一簇簇小花、一片片绿叶和一条条细枝，才能构成这金秋时节最朴素最美好的景致啊。孩子们跑着跳着，在桂花树旁停下了，他们想捡拾散落一地的馨香，可是，地上金灿灿一片，哪一朵都美，哪一朵都不能舍弃啊。

很喜欢桂花，我知道它也叫"木樨""金粟"，总觉得这些名字虽雅，却不及"桂花"这一名称亲切实在。这个名字，总让人眼前浮现出寻常巷陌里一幅幅安静的画面——或是转角的街口，一树花伞迎着夕阳的余晖筛下缕缕金光；或是虚掩的木门外，炽热的丹桂在湿漉漉的青苔地上铺了一层淡淡的朱砂；抑或是，青瓦白墙的农舍边，一排桂花树随着一阵阵清风，微微晃动枝叶，于是芬芳四溢……

办公室在二楼，每当批改完一摞作业，总喜欢走到窗前四处望望。瓦蓝瓦蓝的天幕上，白云悠然地掠过，运动场里，孩子们在做课间操，有时候在跑跳。近处，星星点点的桂花在油绿的树叶间吐露着芳馨，一阵微风过后，洒下一片花雨，散落在草丛里、在石阶上，秋天的晌午，因它而朴实生动。我揉一揉眼睛，只觉得疲劳不再，心存欢欣。

年少时候背过很多写桂花的诗句，最喜欢朱淑真的一句——"一枝淡贮书窗下，人与花心各自香"，常常想，此生，若也能浸润在书香花香里，那也不算虚度了。

——写于 2014 年 9 月

那些花儿

上小学时，每天要经过一位退休老大爷的小院子，那里一年四季都有花儿开放。几棵樱桃树，春风过后像一片绯红的烟霞；稍低的铁梗海棠，饱满的花朵缀在枝头，引得蜂蝶喧嚣；最美的是那些草本的花，长在低处，花朵繁盛——金盏菊、凤仙花、大丽花、鸡冠花、虞美人……还有很多叫不出名字的。淘气的男孩们常趁老头不在家时，爬过矮墙去摘花，他们全然不懂得爱惜，把花瓣撕碎，散落在路上。有时候遇上大爷回来，雷霆般地呵斥声震颤着花朵，他们立刻一溜烟地跑得无影无踪。

那时候，我特别盼着有一天能够走进那个院子里，慢慢地把所有的花都看一遍，把所有的花都叫出名字来。可是老头太凶了，我只能在经过那里时，尽可能地放慢脚步，贪婪地去偷看新开的花朵。

有一次，黄昏的阳光给简陋的村庄镀上一道绚丽的霞光，那个开满鲜花的院子更是像极了神秘的仙境，我慢慢地走过，偏着头，像浏览着一幅流光溢彩的画卷。在一丛宽大而肥硕的绿叶中，我看到一枝从未见过的花，一条笔直朝上的深绿的茎上，长着一圈嫣红的花朵，每一朵细长而匀称，温润的花蕊闪着炫目的光芒。

我痴痴地看着那花，一切都静默了……

"你喜欢君子兰？"

这声音十分温和，我却吓了一跳，那老头提着一把锄头，正站在院墙旁笑眯眯地看着我，旁边还有他的妻子，笑容可掬地搂着一捧兰草，根上还带着新鲜的泥土。老太太爽朗地笑道："小姑娘喜欢君子兰，可以分一小苗去。"

那天，我梦游似的得到了一小苗君子兰。葱头一样的根茎上，只长着两片绿莹莹的圆润的叶子，我在家门口选出一小块肥沃的土地，把它小心翼翼地栽种了，怕它被小猫小狗践踏，还特地在周围插上一圈瓦片。

我开始热衷于养花。每当见到人家屋门口有花，就会鼓起勇气去要一棵小苗或者一些种子，那些养花的人都很热心、善良，我总是如愿以偿。

我不再羡慕别人家有花，不到小学毕业，我家门口已经花团锦簇了。附近人家常有的花，我都有了，它们似乎是到这里来汇总的。每天放学，我的唯一课外活动便是侍弄那些花草，而且乐此不疲。因为那些花儿，我的生活丰富而美丽，记忆中的少年时期似乎从没有过孤独。

种花以后，还增长了许多见识。有一次，一位老太太赶很远的路来问我祖母要鸡冠花，她的儿媳生病了，需要这花来做药引子，她听人说，这里有一大片鸡冠花。我告诉她：花朵上深黑而细密的小颗粒就是种子，第二年就可以拿来撒在土里。老太太欢欣地走了，我也初次体会到"赠人玫瑰，手有余香"的美妙感觉。

暮色里，范玮琪寂寞的歌声响起，"那片笑声让我想起我的那些花儿，在我生命每个角落静静为我开着。我曾以为我会永远守在它身旁，今天我们已经离去在人海茫茫……"它透过花朵的芳馨，穿透了雾霭，穿透了钢筋水泥的城市，那些与花有关的时光依旧温暖。

——写于 2014 年 8 月

巷口的碗莲

天冷的时候，我喜欢穿得厚厚的，漫无目的地行走。此时，深秋的天空里密布着灰蒙蒙的云，仿佛在酝酿着一场绵绵的雨，又仿佛是装订在画架上的幕布，在等待绚丽深沉的色彩去绘制一幅油画。

买了几件东西后，还剩十元钱，我想去巷口买点炒板栗，那温热油亮的外壳，光滑饱满的果肉，正适宜这寒意逼人的天气。然而，很快，我改了主意。不远处的地摊上，摆着几个精致的小碗，碗里有清澈的水，水中静静躺着比花生米略大的一些种子。是碗莲啊，我有点吃惊，可遇见它们了！

暑假的时候，我在书上看到有关碗莲的介绍，心向往之，急切地去淘宝上搜寻，买了一大包碗莲种子。没等收到，已经做了几个关于碗莲的梦了：阳台上摆满了容器，铜钱大小的碧绿叶子迎风招展，各色的莲花开得热闹非凡……梦里也在憨笑！收到种子的时候，抑制住激动的心，按照店家的指点：要用锋利的刀切开种子的底部，然后浸泡在水里，就可以等它发芽，一个多月就可以开花，多么美好的事情！可是，我把家里的大小不一的所有刀都拿来试了，这个坚硬如铁的种子哪里是刀能够奈何的？

在地板上放本厚书，把种子搁上，用铁锤砸，每次砸下去，地板发出强烈的抗议，种子却是要么纹丝不动，要么蹦得老远。我把所有的种子都或切或砸地试了一遍后，沮丧地责怪店家，店家回复得十分详细和认真，就差没从电脑屏幕上跳下来帮我切开碗莲了，但种子坚硬如初。那包碗莲，我没奈何，又舍不得扔掉，就搁在阳台上，过不久我又不甘心地去捏捏它们，盼着出现奇迹，却又只能颓丧地离开。

然而，眼下的这些小种子们，都长着个细小的绿芽，一看就比我那阳台上的小铁疙瘩们可爱，简直就是长着小尾巴的精灵啊。

"你怎么让它发芽的呢，我买的为啥就不发芽啊？"我真心求指点。

"哎哟，她都说你这个不发芽的。一块钱三个差不多了，卖给我！"那个正跟老板说话的女人尖厉的声音响起，她抢过话题，不容置疑地要扔下一块钱离开。

小贩愠怒地说不卖。

"不是在这儿买的，我是在网上买的，没发芽，就想问问这个为什么能发芽。"我赶紧解释道。

女人并不听我解释,她愤愤地离开,仿佛看穿了一个骗局。

"一元一颗也太贵了,一元三颗,卖不卖?"她不甘心地回头又问。

小贩似乎没听见,他托起一颗种子对我说:"这个已经发芽了,不存在你说的问题,至于怎么让它发芽,我不能告诉你。"那坚固外壳包裹着的,细小娇嫩的绿芽,卧在他的手心,像在伸着懒腰的小婴儿。

那个女人又折转身回来了,一元钱三颗卖不?

小贩冷漠地摇头。

小贩对我说,这里还有葡萄根、蓝莓苗,都是最好的品种。

这不起眼的小地摊上,原来藏着个春天!我看看手中的购物袋,深深地厌恶自己刚才强烈的购买欲。板栗可以不吃了,仍然只有十元钱啊,回家拿钱吧,好像太远了。

"给我选十颗碗莲,各种颜色都要。"我说。

我想把这美丽的精灵带回去,让那包小铁疙瘩自惭形秽,说不定就跟着发芽了。

小贩轻轻地捞起种子,仿佛那是他正在沐浴的孩子。"水不要太多,要晒得到太阳,长出长的茎就要放到泥土里。"他耐心地讲解,一边从每个碗里拣出最大的两粒,搁在塑料袋里。

一共有七个碗。

"不好意思,我只有十元钱。"现在才深刻体会到"囊中羞涩"是多么尴尬的事情呀。

"那四颗送你的。"他笑了。

这个小贩多傻啊，一元钱三颗不卖，一下子却送了四颗给我。那装着十四颗碗莲的袋子在轻轻晃悠着，我却带着满载而归的心情走出了巷子。热气腾腾的板栗在大锅里翻涌，"嚓嚓"的声音四散飘浮，炒板栗的人舞动着铲子，不时拿手背擦汗……没有吃到板栗，仍然收获了久久的温暖。

我喜欢这种温暖，它让我相信，即使冬天来了，也可以在心里开出朵朵莲花。

——写于 2014 年 12 月

银 杏

没有一种树能像银杏树一般令人遐思、企盼、惊喜。

乍暖还寒的时节，银杏树光秃秃的枝干上就冒出一颗颗绿水晶般的芽苞，在春风中，舒展着娇嫩的叶脉，就像婴儿的小手在轻轻晃动。

盛夏的银杏，如同擎着的大伞，每一片翠绿的叶子就是一枚精致的绢扇，在火辣辣的阳光下，一阵凉风袭来，满树叶子摇曳生姿。它带走了酷暑，留下了丝丝凉意，令你焦灼的心渐渐平复。不必急于赶路了，你只是不由自主地要驻足停留，抚摸那坚硬的饱经风霜的干，凝视那浓密的生机盎然的叶。你的心，正如这满树的银杏叶，蝴蝶一般翻飞。如果很细致地观察，还可以看见那细小的白花，藏在绿叶丛中，星星点点。正好，银杏叶边缘是像水一样的波纹，这小花倒像是那水中的帆了。

最美的是秋天。寂静的清晨，在凉意渐起的路上漫步，忽然，"啪"的一声，一颗金灿灿的小圆球清脆地坠落在地上，你抬头看，"啪"，又是一颗，它划过你的目光，温柔地贴了贴你的脸庞，在地上翻转了几下恢复了沉寂，你惊讶地发现，满地都是银杏啊，多么精巧美丽的小果子，捡起一颗，有的已经摔破了皮，流出乳白的汁，露出那白色的壳。敲开壳，就是那诱人的白果肉了。

果子落光了，秋天也走到了尽头。一场秋雨后，天色灰暗，万物萧疏，到处是卷曲、枯萎的落叶，你以为眼前之境毫无生趣了，可是，那灰蒙蒙的天气里，路旁总有一两棵金黄的银杏树毅然挺立，它令你精神一振——纯粹的纤尘不染的金黄，是生命走到极致的精彩，那满树的繁华，本身就是一首华丽的诗篇啊！又有什么花朵能够与之相提并论？银杏给这个季节涂抹了一笔最亮丽的色彩。每次驱车经过那条两旁都是银杏树的宽阔道路，总喜欢放慢速度，那景致正如一幅生动的画卷在缓缓舒展。蓝天白云下，道路两旁，金灿灿的银杏树整齐地向身后退去，那散落在地上的碎金一样的叶子，是银杏写给大地的思念，华丽而浓烈。千年以前，范仲淹写下"碧云天，黄叶地，秋色连波，波上寒烟翠"时，或许也正面对着满地的银杏叶啊。

夜晚的银杏树在路灯的映衬下，与白天略有不同，抬头仰望，银杏树仿佛刺破了深蓝的天幕，那灯光下依旧璀璨的金黄和浩瀚的蓝色互补，更是一道神秘的风景。

我们的城市里，有许多年代久远的银杏树，它们伸展着枝叶，荫庇着这个城市。

景区，有一棵粗壮的银杏树是一千七百年前张松所种，竟然每年都硕果累累，它枝叶繁茂，成为一个景点。最有意思的是，它的枝干上悬挂有很多类似钟乳石的结，据说是年代久远，受地球引力所致。一棵树，见证了天府之源多少传奇。

曾有一个山里的学生告诉我说，她家后面的白果岗上，有一棵几百年历史的银杏树，好几人才能围抱。一到秋天，这个村的每家每户都要分几十斤白果，贫穷年代里，白果价格不菲，帮助不少人贴补了家用。

孩子上幼儿园时，一棵银杏树刚好处在幼儿园小广场中央，它为孩子们的嬉戏提供了美丽的场地。秋天里，常常看见值班老师用一个精致的小锤子小心翼翼地敲白果，这就地取材的食材，会成就一道美食——"白果炖鸡"，它位列"青城四绝"。

不是每一棵银杏树都能结出白果，银杏雌雄异株，如果你见到的银杏叶有完整的弧形边缘，这棵是雄树；如果叶子中间分开了，这棵才是雌树，多么有意思！不是每一棵雌树都能结出白果，她需要历经风霜雨雪，抵过干旱水涝，几乎要半个世纪才能结果，所以又称"公孙树"，意思是，爷爷种树，孙子才有白果吃。

原来世间一切美好，都不是唾手可得。

——写于 2012 年 1 月

书香·人生

　　说到读书，我想起杜荀鹤在《书斋即事》中所写："卖却屋边三亩地，添成窗下一床书"，不禁为之哑然失笑，爱书到了这种地步，是何等的痴迷！

　　说到读书，我也会想起于谦在《观书》中说："书卷多情似故人，晨昏忧乐每相亲"，当书籍成为忧喜相知的朋友，成为朝夕相处的亲人，生活该是多么充实，多么富有情趣！读书不倦，乐在其中！

　　我甚至可以想象，多少次夜晚，一轮皎洁的明月下，爱书之人伴一窗幽竹，持卷沉吟，在淡淡的书香氤氲中，朗朗吟诵一洗尘心。

　　书香。人生。多么美好的两个词语。

人世间，我已经度过那么多春秋，回想年少时爱书读书的时光，却宛若眼前，触手可及……

小时候，直到上学前，我都没有读过什么书。父亲没多少文化，很少看书，但他一直很尊重有知识的人，对于书本也非常珍惜。从我领到第一本新课本起，父亲便会放下手中正在做的事，把平常搜集的年画找出来，把它们裁成一样大小后，把书包起来，教我保护它，爱惜它，该折叠的地方折叠，该用剪刀的地方就细心地修剪。很快，一本本新书都变了样，仿佛穿上新的外衣，虽然颜色并不华丽，却非常合身与服帖。父亲郑重地在书皮上写下科目和我的名字。一学期结束后，我把书皮揭下来，封面还崭新如初。如果不翻开看里面的笔记，摆到书店里也不会让人怀疑。那是很让其他同学羡慕的事情。

如今看到我的学生们的书上也会有书皮，那是从文具店里买来的，专门的塑料纸做成，很精致，上面还有美丽的图案，可是边沿部分太容易脆断，而不到破损完，他们已经换上新的。每到这时，我便想起父亲给我包的书，那些书皮可是至少能用一学期的。它还会增添阅读的乐趣。

父亲用那些简易的包书纸带给了我许多快乐。在那些持续崭新的书本里，我获取了很多营养，学会了爱书，学会了做人。我对父亲充满了深深的感激，现在我也应该像父亲影响我一样去影响我的孩子，我的学生。无论什么时候，书总能带给我们许多快乐的时光。一个爱书的人，从来不会感觉到寂寞。

上小学那阵，家里只能算刚够温饱，我没有零花钱。曾经有段时间里，我看见书店里在卖一套《红楼梦》的小人书，每本才五毛钱。那时候并不懂《红楼梦》，只觉得里面画着很多古典的美女，很好看，图画旁边配的诗歌读起来动听，因此就非常想拥有这一套书，可我哪里去找那么多钱？

我每天去翻一会儿那些排成一列的小书，心里想买下它们的愿望就愈加强烈。我去游说同组的同学，让大家一人出一点钱，合起来就可以买来整套书交换着看。可大家并不太热心，认为那个没有《小兵张嘎》好看。只有小丽很赞成，说我们可以一起凑钱买一套，然后一起看。但是，离目标依然很遥远。

有天放学后，我和小丽在嘉陵江边上玩，看见一艘废弃的木船摆在岸上拆卸。我们看着热闹，发现地上有许多铁钉。小丽的爸爸在收购站工作，她很有经济头脑，立刻叫我一起捡铁钉去卖。那天的铁钉卖了 5 元钱，这样的"收入"在当时简直是一笔巨款，把我们乐坏了。我俩第二天放学后又去河边，船已经拆完了，地上的大钉子也早被别人捡走，剩下那些小的钉子我们卖了不到三毛钱。我有点沮丧，可小丽说，我们每天放学都来，肯定还会捡到钉子去卖的。而且，收购站要收的东西很多……

那以后，我和小丽去观察邻居，问他们要用完的牙膏皮，到树上去找过蝉蜕，到嘉陵江边翘首等待过运回来的废船……这一切，都成了我们的"生财之路"。

很久以后，我们终于凑齐了钱，但小人书早换了几批，《红楼梦》没了，只有我在那里做着买书的梦。直到高中毕业时买了一本岳麓书社的《红楼梦》，算是弥补了遗憾。

执着地凑着遥不可及的一点钱，为了买自己想要的书。那个时候，单纯的梦想里，书本正散发着花的芬芳，发出鸟儿清脆的鸣啼，它吸引着我——步步莲花，向它靠近。

而此时，我仿佛穿透岁月的沧桑，看到那个站在江畔临风而立的年少的我。人世的喧嚣不会替代内心的清凉，这一路的行走，就是最美的修行。

在物欲横流的时代，我们更需要一份淡泊的心境，谢绝繁华，回归简朴，多读好书，笑对生活。

我相信，那样的人生，不一定精彩，但有书香做伴，一定美如朝霞，灿若桃花！

　　　　　　　　　　　　　　　　　　——写于 2012 年 5 月

那些美丽的名字

路过一条空寂的巷子，石板的路旁，酢浆草的嫩叶托出绽放着笑脸的紫色小花，朴素而安静。一栋老房子的阳台上，垂下茂密的蔷薇藤，红色的花朵热烈地散发出玫瑰一般的芬芳。午后的阳光散漫地洒下来，映照着墙上爬山虎宽大的绿叶。那片片叶子随风摇曳，风情万千，翠绿的枝蔓下，有一方蓝底白字的牌子，清晰写着"漫花巷"，多么优雅而富有诗意的名字啊，霎时，眼前仿佛有漫天的花瓣雨在纷纷坠落，令人忘记今夕何夕，忘记身在何处。这午后的小巷，竟然因为这个小牌子，让人多了几分留恋。

一个城市的街名一定最能反映城市的文化吧，在都江堰这座小城里，住着太多饱览诗书的文人雅士，才能使得寻常巷陌生动无比。

　　山腰上的环形公路，靠崖的一边有护栏，依山的一边绿树成荫。春天，漫山的樱花梨花此起彼伏，引来蜜蜂嗡嗡闹春，每次经过，总会让眼睛做一次舒适的旅行，绿树、香花、青山、蓝天，多么美丽的春天啊，它令人遐想万千，想留住这春天的花仙子，让她一年四季都能洒下万紫千红！闭眼，深呼吸，幽雅的芳香迎面而来，睁眼，已到山路尽头，那里，一座石桥恰到好处地旁逸斜出，赫然写着"香雪海路"。"香雪海"，世界上有比这三个字更美好、更浪漫、更适合这条花海一般的山路的吗？

　　北街小学外面的那条街，人行道上铺满了深灰色的精巧地砖，每隔一段，就会有一首古诗镌刻在这朴实的砖上，任意捡拾起，便是散落凡尘的千古绝句——"迟日江山丽，春风花草香。泥融飞燕子，沙暖睡鸳鸯。"多么简单的诗句，幼儿园的孩子也会背。可是，那寥寥数笔，已经把春日融融的情景赫然呈现出来了。即使，你正在秋风萧瑟里形销骨立，那春天般美好的感觉也能立刻驱走寒意。抬头望望，银杏树下，一个雅致的街名"雅泉路"梦幻般地出现在眼前。沉浸其中，你会想，路的尽头，是否真有一泓清泉，它纤尘不染，宛若碧玉，美如明镜，真的可以"天光云影共徘徊"吧！

　　与之对应的还有一条街叫宝莲路，虽然，相距甚远，我却总觉得，这俩街道是遥相呼应的一对儿。似乎，它们曾经同在哪个神奇的传说里，或者，同在哪朝文人的笔记里。它们都能唤醒你尘封的记忆，那或许是前世才有的某个恍若梦境的相知！那是一条贯穿两条主要干道的小街，有着热闹和繁华，还有本市最大的医疗中心。漫步街上，总觉得，这街的那端，该是有一池映日红莲或是一段散落的宝莲灯传说？

无论你什么时候初次来到这个城市，一定记得去观景路走走。春天，抬眼望，远山苍翠欲滴，低头处，桥下流水潺潺而过。秋天，路旁伫立着的高大银杏树正撑开一把把金灿灿的大伞，风一吹来，魔术般地洒下如蝴蝶翻飞的黄叶，让人不禁以为误入童话世界，想要随之翩翩起舞……不然，怎会叫"观景路"？

"杨柳河街"更是合辙押韵，令人无限向往。雨夜里，各色灯光在雨雾掩映下，给街上的几座石桥增添了几分幽静和神秘，河道两旁古色古香的楼房精致而典雅，小桥、流水、杨柳、人家，它们让多少撑伞而行的情侣驻足流连。在这温馨的雨夜，伴着这桥下的水声，他们正好细说最美年华里最美的爱恋。

而今夜，我更愿意沉醉在璀璨的灯光里，目送岷江之水在光影里流淌，念着这些美丽的街名，梦里也会散落诗意的芬芳……

——写于 2011 年 11 月

辛 夷 花

"去看看辛夷花吧，你一定会喜欢。"几年前的清明节，朋友对我说。

我果真去了，说走就走。

来到药王谷的山下时，晨雾弥漫，鸟鸣阵阵，许多车辆泊在山门附近。我们乘缆车上去，好半天，只看见树梢后退，巉岩下降，却迟迟不见一朵小花，渐渐地感到困倦，隐隐担心花未开或者花已谢。

前方的游客忽然惊呼起来，随声音翘首张望，高远处的山坳，有一棵大树，看不真切，仿佛笼着一大团粉色的烟雾。料想那便是辛夷花，我们开始嫌弃缆车太慢。

那棵树越来越近，确定是辛夷花。我从未见过一种花开得那么热烈，那么不顾一切，浩浩荡荡地奔涌过来，令人猝不及防。只感到说不出话，看不过来，仿佛掉进一个粉红色的梦里，让人不知是真或是幻。仰头看去，硕大的花朵遮天蔽日，像绯红的云彩被粗壮的树干撑起，每一朵花饱满而圆润，像佛祖的兰花指，像仕女的笑靥。如果把别的花比作清新的小诗，这满山的辛夷花就可堪称史诗了，华丽而铺张，深沉而明媚，整座山都被点燃了一般。地上满是凝脂一般的花瓣，极具质感。静静地伫立着，看花瓣像雨点一般繁密地落下，那不是枯萎和凋零，却是生命盛开到极致的绚烂，仿佛完成了上天给予的重大使命，只需要完美地谢幕，然后大音希声……

游客中心外，一位乡民摆着卖草药的地摊，有几包毛茸茸的东西格外惹眼，原来是辛夷花的蕾，并不好看，灰绿的壳上布满细细的绒毛，很难相信，美丽的花朵是从那壳里绽放出来的。乡民说，用它泡水喝可以治疗鼻炎，我疑心他是听我感冒鼻塞而故意这样说的，他也不辩解，只说，把地上干净的花瓣塞进鼻孔，也有一样的效果。更觉得不可思议，我便去树下候着，待花瓣还未落到地面，就拽住它，撕成小块，那种感觉很奇妙，裂帛一般，再揉成小团，让它在鼻孔里慢慢舒展，清新的花香弥散开，瞬间里，呼吸就顺畅许多。

药王谷背后是"吴家后山"，地势高峻，一直披着神秘的面纱，据说住着吴三桂的后人。这两处本来相连，是全国最大的辛夷花基地，总共有六万多棵辛夷花树，相传最初是陈圆圆亲手所栽。这个倾国倾城的女子，原本只是"秦淮八艳"之一，却因加速了明朝的衰亡而被写入历史，那个深爱她的乱世英雄吴三桂，"冲冠一怒为红颜"，不惜背上骂名，愤然打开山海关迎接清兵。然而，历史只记载金戈铁马朝代更替，并不讲述三百年前，陈圆圆是否隐居蜀地，是否在僻静的药王谷里栽下这美艳卓绝的辛夷花。但我对于这个传说却是深信不疑，只有兰心蕙质、遗世独立的女子，才会让云深不知处的寂静山野里开满辛夷花。别的花都不够惊心动魄，而别的女子，都不足以在明末清初的风云里惊世骇俗。

"我们去看辛夷花吧，你一定会喜欢。"每年清明前后，我总会向朋友絮叨。

——写于 2017 年 4 月

那时梦想

　　小时候，住在嘉陵江边，河水很清澈，长长的河滩上长着茂密的芦苇，清晨，笼罩在淡淡的雾霭中，碧绿的苇叶上挂满了晶莹剔透的露珠。每当微风拂过，阵阵清新的芦苇香气就随之弥漫开来，沾在那挑担子的小伙子身上，背背篓的姑娘身上，那香气就到了集市上；沾在淘菜洗衣的大妈大嫂身上，那香气就随着炊烟缭绕在村庄的上空。对岸的一座座青山倒映在水中，每当有渡船划过，那山仿佛也跟着水波一起荡漾。很多时候，河水就像天空中悠然飘浮的白云一样安静淡然。但热闹的时候又是迥然不同的景象。每逢集日，这个河岸又成了码头，小镇处在三县交界的地方，古往今来都是商家云集之处，许多的木船远道而来，卸货、装货、搬运堆积，叫卖声、吆喝声此起彼伏，沿河的老街仿佛要沸腾起来。等到夕阳的余晖洒在江面上，洒在静默的房屋上，一切就沉寂下来了，只有阁楼上，吱呀作响的脚步声敲碎了那一份古老的安宁。

我曾以为这就是世界上最美丽的地方，因此梦想着自己能有一支妙笔，画一幅长长的画卷，青青芦苇、清清江水、悠悠白云、古老渡船……都能包容其中。

如今的嘉陵江上白色的浮沫散乱，鹅卵石早被压碎在钢筋混凝土里，我的梦也破碎了。年少时候忙于读书考试，学画画而不成，如今疲于养家糊口，更没有学画的心境，那美丽的嘉陵江只有一些黑白的剪影，如同斑驳的旧照片在脑海里不停闪过，我只能望江兴叹！

上学的时候最喜欢作文课，老师会念我的作文，还会在作文本上画很多的波浪线，说是优美的句子。为了满足小小的虚荣心，别人害怕作文时，我却在咬文嚼字。学完《就是那一只蟋蟀》时，老师就叫我们学写诗歌，我写了极为幼稚的诗句，"母亲的目光／越过春夏秋冬／是我永远的行程……"，那质朴的年代里得到老师的大加赞赏，在我们班里念完了，还去他教的另一个班里阅读赏析，说是母亲对孩子的期待，孩子对母亲的感念全在其中。这令我很是得意了一阵，那位语文老师毕业于重庆大学，是莫怀戚先生的弟子，他的每句话都无疑激发了我做诗人的浓厚兴趣，那个时期里，我曾在晚自习后，一边走向通往宿舍的楼梯，一边念着"黑夜给了我黑色的眼睛／我却用它寻找光明"。

　　后来写了很多分行的文字，在校刊上、报纸上，变成铅字。旧时光大多淹没在日历里找不到痕迹，那些与诗有关的往事却久久不能忘怀。到今天，我也没有写出满意的诗篇，更不敢说自己梦想成为诗人，但这并不影响我去执着地追求诗意的生活。

　　上世纪 90 年代末期，找工作已经不容易，铁饭碗的说法也在那时逐渐淡出历史的舞台。我曾梦想过毕业后开个书店，雇一个女大学生做店员。每天有钱赚，还可以徜徉书海。做这个梦的时间最短，它像一个肥皂泡，还没来得及升上天空，就倏地破灭了。那个寒假的上午，父亲准备去"拜访"一个"转折"亲戚，为了让我毕业后能到一所相对好的学校工作。我试图以最轻松的语气说出这个梦想，劝说他不必为我操心。但家里的空气立刻凝滞了，母亲的怒气清晰地写在脸上，开个书店，在他们眼里无疑和摆地摊差不多，让读了大学的宝贝女儿做小学生也在做的事情，那简直是丢人丢到家。父亲出门的时候调整了心情和脸色，但回来时比出去时脸色更阴沉，那个所谓的亲戚，乐呵呵地说出了一个我们砸锅卖铁也凑不出的人民币数额，一家人陷入沉默。所幸的是，我后来没求他而自己找到工作，这让父亲脸上总算重新有了光彩。而那开书店的梦自然不能再提。

　　后来按部就班做了教师，再次重复校园生活，在教室、办公室、宿舍这三点一线往来。我从来没梦想过做老师，可一不留神就做了十多年，其他工作，十年足以让人业务精湛、熟能生巧，但这项工作永远都是新的,永远有新的生命个体和新的文本涌来,每个学期都要从头开始。所谓的经验并不是经验，因为世界上不可能有两个相同的生命，也不可能有两节相同的课。精神的富足并不能弥补物质的贫乏，年少时学习成绩极差的同学如今有许多已成了老板，他们见了我，似乎很是同情，没想到做老师有这么辛苦，甚至有劝我下海经商的。然而我始终崇尚简单的生活方式，尽管这个城市房价飙升，而工资的涨幅永远滞后，可我似乎习惯了眼前的宁静，反倒觉得外面的世界太过喧嚣，不愿奔波、害怕奔波了。

今天，我依然有许多梦想，曾经发呆地望着学校里的清洁工拖布一推一拉，地面立刻崭新锃亮，便无比向往，很想去试试。甚至觉得这个工作是多么单纯不需要费心啊，甚至还大大地锻炼身体。可是同事大笑告诉我说：如果不当老师而当清洁工，岂不是证明自己混不下去了？——我于是赶紧忍住这个想法。

曾经在蛋糕店里吃到香味独特、造型美观的蛋糕时，就很想亲自去体验创作过程，想去学习制作糕点，把奶油抹在糕点上创造一个个白雪覆盖的童话世界，还可以给人带去甜蜜美好的体验！

我还梦想过，将来有一个园子，大到可以种各种花草，一年四季繁花似锦。在那个园子里，春天有酡红的铁梗海棠静立在绵绵细雨中；夏天在窗台下读书，凉风拂过花的芳馨，应了高骈诗中的景——"水晶帘动微风起，满架蔷薇一院香"；秋天，在地上铺一张大纸，把簌簌飘落的桂花收拢，去酿一壶金灿灿的桂花酒；而冬天，看漫天飞雪中一枝红梅怒放。这个梦想也很遥远，在寸土寸金的都市里，拥有大园子无异于盼望中大奖。

这个梦想也等以后再说吧。

——写于 2012 年 8 月

水　仙

　　我是花店里最美的水仙，站在晶莹的陶瓷盘子里，享受着主人额外的厚爱。

　　主人的花店居于一条安静干净的小街，每天经过这里的几乎都是附近大学里的情侣，他们神情悠然，偶尔也在我们店前驻足细看，赞叹玫瑰和百合的漂亮。

　　很少有人会关注我，除了主人。每天他一打开店门就会将我的陶瓷盘子里换上清水，再把我摆在离他最近的地方。然后他忙碌地工作，修剪花的枝叶，扎着一束束鲜花。他常在抬头的瞬间，一边用袖子拭着额上的汗珠，一边深情地看我一眼，我总感觉他会在那一瞬间忘记疲劳，我从他深邃的目光里读到的是"爱怜"。

我们水仙不是名贵的花，更不是买花顾客关注的，他们喜欢带上玫瑰、康乃馨，或者百合回家。因此我自球茎里醒来起就打算在此长期居留了。

直到有一天，我看见他从这里经过。

他优雅而忧伤，轮廓分明的脸上有同龄人不具有的成熟气质。我知道他就是附近大学里的学生，他穿着一件干净的灰色衬衣，目光凝重地匆忙经过。在那一刻我知道我已经爱上他了，我多么希望他能停下脚步，赞叹一声"好美的水仙"，可他走了，根本没有注意到我的存在。

但我感觉一定会再遇见他。

我开始有了心事。每天，目光游离不定，心不在焉。我常常仔细打量着过往行人，希望能从许多陌生的面孔中找到我思恋的人来……我知道，他一定就在不远的地方，可是在这方生活着几十万人的土地上，要和一个人相遇是多么困难啊！

主人很惊讶，他自语道："天天都换上新鲜的水啊，怎么会愈加憔悴了？"我恹恹欲睡，懒得听主人唠叨。或许，我已经开始厌倦这里了。我在期待他的出现，这时候我已经想不起他的容颜了，却仍然固执地坚守着自己的爱情。这就是爱情，即使是花对人，也有。

那一天终于来了。

黄昏时候，主人快要关门了，一个清脆的声音传来，打破了店里的寂静："阿林，你是在看那水仙？"是一个年轻漂亮的姑娘，她的手拽着一个男子的手……天哪，是他……我开始颤抖。天冷了，他早换了衣服，可我一眼就认出他来了，我多么希望他能把我带到他的窗台上，让我去陪伴他过这个冬天吧！我在心里默默祈祷。我不在乎那个漂亮姑娘，只要我能看见他，每天欣赏着他，我已经很满足了……

他沉默着，注视着我。

"多少钱？"他在问主人。

主人没有立刻回答，我知道，他一定很舍不得我离开。但他是商人，他最终选择了利润，这使我有一刻很失落，但更多的是眩晕的幸福感。因为他，那个我日夜思念的阿林正用双手捧着我的陶瓷盘子，小心翼翼地往家里走。我多么陶醉啊！"这花太贵了嘛！你应该买玫瑰送给我的。"他的女友撅着嘴。这个市俗的女孩子，她懂什么呀？

"我想把它放在我的书桌上。"很久他才回答道，这让我很得意很激动，这样我真的可以天天看见他了！

阿林，就这样把我带回家了。

可是，以后的很多天里，我却很少见他，他是个学业繁重的大学生，又在兼职帮人修理电脑，他把我放在他宽敞无人的家中，却只在周末回来给我换上清水。我有点后悔了，现在我碧绿的叶子已经很茂盛了，我站在书桌上，感觉自己很像穿着绿裙的仙女，人们叫我们"凌波仙子"，我也自我感觉良好地以为自己是水中的仙子，我应该有一种不食人间烟火的气质，即使阿林不在，即使没有主人。

我努力地独自生活。但这多难啊。

我已经记不得离开花店多少日子了，有一天，我听到了屋外的鞭炮声，我想这就是人们常惦记的新年来了吧，多么冷清的新年！我又开始想念阿林，他已经和女友去过春节了，到遥远的城市去女孩的家。他一定忘了我了，我低下了头，眼泪滴进陶瓷盘子里，漾起一圈小小的涟漪。忽然，我看见了自己美丽的花朵，什么时候我已经开出如此娇艳的花来，雪白的花瓣，晶莹剔透，和翠绿修长的叶子相得益彰，这时候我是如此美丽，为我自己绽放，绽放在寂寞的新年里。

不知道又过了多久……我在沉睡中被女孩子尖厉的声音吵醒，"天啊，你看你买的水仙，多难看啊！"是阿林的女友。我睁开眼，见阿林正失望地看着我，在那样的目光下，我感到心都快碎了，在我最美丽的时刻你在哪里啊？我孤独凋零时，你却回来了。

那女孩端来了一个精致的花瓶，"以后就在这里给我插上玫瑰花。"她说，然后移走我的陶瓷盘子放在地上。

这样，我开始天天仰望那灿烂怒放的玫瑰，心如刀绞一般。阿林看也不看我一眼，站在玫瑰花旁一边拨弄着花瓣一边给女友打着电话："今天过来吗？"……

我更加憔悴，叶子枯黄。我怀念主人，怀念在花店里的美好时光，那时候我一直被别的花羡慕着啊。

担心的事情还是发生了，那天阿林不在，他的女友收拾着房间，一见我就皱着眉头说："什么水仙啊，这么难看！……这盘子还不错。"

她把我扔进了楼下的花台，摔得我头晕眼花。

我几乎有了万念俱灰，为什么人就那么残酷？！我是美丽的，我会美丽啊。

我很快发现屋外的天空多么大，那是我从来没有想到的寥廓！蓝蓝的天空上飘着轻盈的白云，林立的高楼前行道树俊秀挺拔……

我贪婪地吸着泥土里的养分，自由地舒展着叶子，雨水冲洗掉了我身上的灰尘，烈日令我精神抖擞。我要为自己的美丽活下去！

一天清晨，金色的阳光从树叶间泻下来，照在我的身上，多好的一天啊！我沐浴着晨风，忽然很想唱歌，很想告诉人们，我就是美丽的水仙，我会灿烂地微笑！

"妈妈，你看，那里有朵水仙花！"是一个小男孩，圆圆的脸蛋，清澈的目光，好可爱的孩子啊！

他的妈妈提着一篮子沉重的水果、蔬菜，却很高兴地跟着他走了过来，"真是水仙啊，乖乖，你怎么都认识水仙了？"，妈妈说，"别去摘它哦，让它开着大家欣赏。"

这时候一对青年男女也手挽着手过来了，"阿林，你看，多漂亮的花呀。"那女的说，然后他们接着往外走……

——写于 2013 年 8 月

那场暴雨

　　清晨，空气清新，艳阳高照，恍然觉得昨夜那场暴雨不曾有过，那种把心揪紧的恐惧似乎也只是一次噩梦。我特意检查了车头的下方，那里，崭新的划痕触目惊心，一切都是真的。

　　昨晚下班后，我缓缓驱车回家，只觉得天气很闷热。转角处，有人在喊着要下雨了；路灯下，只见路人行色匆匆，夜市上的水果摊主在慌乱地收拾着。再转弯，天色更暗了，忽然发现挡风玻璃上啪啪落下雨来，来得十分迅猛，一团又一团的水在玻璃上摊开又滑落，急促而响亮，路旁的大树开始摇晃……我想加快速度，却发现已经看不见路了，与此同时，有闪电在远处的天边一明一暗地晃动。前方依稀有同事的车，在暗红的车灯里不太真切，差点追尾！赶紧减速，紧跟着缓缓移动。又过了一个路口，同事的车不见了踪影，却蓦地看见一辆面包车在左前方紧急刹车，我倒抽一口凉气，前一秒钟我没见它，不知它是怎样忽然出现在这里的？！黑暗中，只感到雨水如注，寸步难移！前方有一辆大车，龟速般前行着，我很想超过它，却又怕它卷起的水雾喷涌而来，使自己陷入危险，只好在后面慢慢挪移。

好不容易到了路稍宽的地方，赶紧加速，超过大车，逃荒似的想离它远点，但视线所见最多两三米，除了重重雨雾，只能看见红绿灯，还有对面的车上闪烁的应急灯。我十分小心地穿行在这无边的暴雨里，忽然砰的一声，车子一抖，冷汗顿时漫上额头，我撞花台上了！赶紧调整方向，左右看，只见汪洋恣肆，根本看不出哪里是路，哪里是水沟。闪电不断撕破天幕，霎时间亮如白昼，很快又漆黑如地狱般恐怖，摸索着，不是凭眼睛而是凭感觉在开车啊！雷声隆隆仿佛就在附近，路旁的大树在街灯映照下不断地起伏挣扎，这短短的回家路如此漫长！

终于进了小区大门，停车场居然没有路灯，一楼也是漆黑一片，家就在楼上，却那么遥远！摸索着，把车停进了车位，刚一熄火，依稀看见副驾外的玻璃上，仿佛有人在向我伸手招手，定睛一看，只有两个手指！顿时魂飞魄散，有鬼啊！不禁绝望地尖叫，再也不敢看第二眼，疑惑那是树叶在玻璃上晃动，但是，哪里还敢看第二眼去确认！哆嗦中，发现手机在闪动，诡异的蓝光晃动，和车外的闪电遥相呼应。因为上晚自习，把手机关到静音，也不知电话打了多久，是老公，问我是不是车上没伞，我歇斯底里地叫道："快下来救我啊！"——一场暴雨，令我神经错乱，下车都成了最难面对的问题。可是，这是普通的暴雨吗？

仿佛过了一个世纪！依稀看到有人影在向我走来，我怕是幻觉，动也不敢动，只看着前方的楼房在闪电里一黑一亮，雨水顺着玻璃，仿佛河水在倒流……老公在拍打车门，我拎起包艰难地打开车门，车外瓢泼的雨，两把伞，形同虚设。

可怕的雨！换完衣服，狼狈得如同逃难者。屋里的温暖仿佛是幻觉，怕一睡着，就会陷进刚才的噩梦里。窗外的滂沱大雨，丝毫没有减弱，不知道同事们是否平安抵达家中？但想，论技术，他们比我好；论距离，我应该算最远的了；至于胆量，估计没有比我更小的！这样一想，也就释然了……这种天气太极端，只愿它不要再来。

只愿每个夜行的人都能平安。

——写于 2015 年 5 月

第三辑　人生何处不相逢

像多肉一样随遇而安

早上看到微信朋友圈里有一条配着多肉图片的信息，大意是说，2月30日欲结琴瑟之欢，举行婚礼。这是那个养多肉的年轻人发的，他常常发不同的文字配不同的多肉图片，也通过微信出售多肉，我正要点赞祝贺，却见后面的空白结束处补了一句：您家的二月有三十日吗？——原来是个段子，我哑然失笑，细细端详那几盆仪态万千的多肉，不禁艳羡不已。

据说，多肉的种类有上万种，我这自诩爱花草的人只能望"肉"兴叹。在多肉的世界里，我实在是"槛外人"，所认识的不到三十种。但这丝毫不能阻挡我对多肉的一往情深，在花店里、夜市上、网店中，我选中各类多肉，买下大量的小花盆。

家里种着百合、君子兰、郁金香等花草，它们需要悉心呵护，要阳光充足，也要土壤湿润肥沃。那遍及房间和窗台角落的多肉，仅仅一点贫瘠的泥土就足以让它生长繁茂。别的花草在搬动或移栽时，碰掉了叶子或折断了茎，都是一种令人痛心的损失；而多肉，每一片叶子都可以落地生根，每一截断茎都可以插进土里重新繁殖。不到一月，它们吸纳空气甚至尘埃里的养分，向下伸出根须，向上抽出叶片。嫩嫩的叶片多汁且轮廓分明。阳光稀少，它呈现盎然的绿意；阳光充足，它像焰火一样华美。养别的花草，千呼万唤难以盼到花开，但多肉不同，它本来就像花，如果抽出花穗，更是意外的馈赠，令人满心欢喜。

朋友家的阳台长而窄，空空的只用作晾衣服。我觉得可惜，陪她去花木批发市场寻找多肉。盛夏的午后，盆栽林立的市场里空荡荡，弥漫着恹恹欲睡的气息。大棚里落地扇和吊扇都不能阻挡热浪席卷，但高低错落的展架上，那些鲜亮妩媚的多肉顶着阳光，仿佛闪烁着笑意的天使。瞬间，我们如同掉进多肉的海洋里，舍不得眨眼。

形态各异的小盆，明艳照人的多肉，墙角土堆里新发的嫩芽，令人眼花缭乱。

店里只有一位五十开外的大爷，酱紫的脸上微漾朴实的笑容，让人倍感亲切。问及价格，他只说个大概，再问多肉的名称，他费力地张嘴却说不出一个字，只是探头张望大棚外的路，搓着手自语道："怎么还没过来？"

他告诉我们，这个批发兼零售的多肉专卖店是他儿子开的，儿子在附近某公司上班，只有周末和下班以后才营业，现在午饭时间，由他暂时守着。朋友就跟他开玩笑道："大爷也算半个老板，怎么叫不出多肉的名字？"大爷有点不好意思："年纪大了，儿子再三说过，但就是记不住，也怕说错。"

说起儿子，大爷的脸上洋溢着含笑的温情。他滔滔不绝地讲到儿子上中学时就养了满院子的花，考上大学后自筹学费，一个花店老板出了整整一万块把所有花买下。儿子把积攒的花种子重新撒上，不久又是花香满园。后来老房子拆迁，搬进了高楼，没有足够的地儿，只好养多肉，今年索性开了个批发多肉的店……

正说着，进来一个肤色黝黑的年轻人，他腼腆地笑笑，拿起铲子到门口把一堆掺和了花肥的泥土不停翻动搅拌，不用说，这就是大爷的儿子了。我们接着往购物篮里添加养着多肉的小盆，既希望选出稀有的品种，又盼着它价格低廉，但多肉种类太多，个个娇媚十足，一旦入眼，很难割舍。

年轻人把土和好后，拿出几个形态各异的陶盆，到土堆前盛满泥土，选了几棵颜色和高低不同的多肉栽进去，再铺上雪白细碎的石子，最后，放一座小桥，或插一个细瓷小蘑菇，或搁一个假山楼阁在花盆边沿，全凭他的喜好来搭配。这个成品被称作"多肉拼盘"，在一些精致的礼品店里，常常因独特和稀少而价格不菲。

风扇不知疲倦地呼呼转动，知了单调的长鸣从远处传来，年轻人头也不抬，仿佛在描绘和雕刻工艺品，他的手下，渐渐显山露水，诗意呼之欲出。

　　他很少说话，一旦说起多肉的名字，却像唤着某个朋友一般亲切自然——桃美人、星王子、紫弦月、黑法师、鹿角海棠……那么多种类，他叫起来丝毫不含糊。对于"花月夜"和"吉娃莲"，他瞟了一眼就喊出不同的名字，我们却很费力地比较了好久。

　　年轻人告诉我们，多肉是最好养的植物，不要浇水太多就行。他加了我们的微信，叮嘱道："所有关于养多肉的问题随时可以问我。切莫把多肉养死了，所有不认识的品种也可以发图问我……"朋友和我面面相觑：这要多好的记忆力和热情才能全部记得？难道那些饱满多汁的精灵都是他的朋友？或者，他也是它们的一员，在阳光下随遇而安，身心并赴，充满安宁和纯粹的喜悦？

　　他是极具理想主义的商贩，除了逐利，他还有额外的原则和希冀，对于他深爱的植物，他惦念它们的归宿，对它们怀有告别知音的怜惜和不舍。而那个简陋的大棚，或许是一处心灵栖息的家园，是远离喧嚣的一方净土，这样的世界多么丰饶和恬淡！

　　这个清晨里，我从一条微信里获悉了他的安宁和愉悦，其实，那安宁和愉悦一直都在。

——写于 2016 年 8 月

父 亲

　　梨花飘飞时，我们去九龙观踏青。

　　响亮的锣鼓声和川剧唱腔不时从古老的戏台传过来，吸引游人驻足观看，只见一位敏捷的川剧演员连续翻着跟斗，鼓点越密，他的跟斗翻得越快，仿佛在戏台上用毛笔画着一个又一个圆圈，围观的乡亲们不断拍手喝彩。凝神细看，我吃了一惊，翻跟斗的竟然是父亲！我的心顿时提到了嗓子眼上，年近八十的老父，万一没站稳……我根本不敢往下想。父亲并没察觉我的到来，他翻完跟斗，稳健而利索地比画招式，一口唱词字正腔圆。

　　父亲爱好川剧，曾经组织成立过都江堰川剧团，带领川剧爱好者们到乡下巡回演出，在物资匮乏的年代里带给人们宝贵的精神食粮。如今，很多年过花甲的忠实戏迷还对父亲当年扮演《铡美案》的英姿津津乐道。与很多老人不同，父亲兴趣广泛，编剧本、赋诗词、写对联……天性乐观的他生活得忙碌而充实。

年迈的父亲，以自信和豁达安度着晚年，令我疼惜和牵挂，令我崇敬和骄傲。

而每当遥想起三十年前的那段岁月，父亲质朴而深沉的爱更令我禁不住涕泪横流。

那时，高考失利，我不敢出门，怕见别人探询的目光，怕亲戚们的关怀给我无形的压力。每天在煎熬中度过，只想逃离。父亲淡淡地问了我有什么打算，却并不安慰我，也不多说一句话。他漠然的态度令我自尊心很受伤，我知道他对我太失望。

九月，父亲把我送到离家很远的崇州怀远中学去补习，同去的还有好友曾小琼。我们住在父亲戏友的亲戚家里，那儿有个大的后院，茂密的桂花树散发着沁人心脾的芬芳，每天可以安静地读书，没有任何纷扰。衣食住行都很妥当，那里的老师十分关照我，我很快适应了新环境，并且想当然地以为，是自己品学兼优而得到老师的厚爱。一年后，我如愿考进大学，父亲的脸上露出了不易察觉的微笑。

光阴不紧不慢地走着，如同缓缓流淌的岷江河水，很多年一晃而过。毕业后我做了乡村教师，成家，有了孩子，孩子长大，然后参加工作。蓦然发现，自己早已过了不惑之年。然而，每当回到乡下，看见慈祥的父亲，我总会忘记年龄，总会像少年时代那般依赖着他，跟在他身后，甚至那么渴望听到一点训诫。

父亲偶尔问问我的生活，语气淡淡的，从来不多说一句关爱的话语。如果不是去年到安龙镇去看望高中同桌文凤，我恐怕永远不会知道多年前父亲为我所做的一切。

文凤家在偏僻的乡下，曾经那条崎岖小路已经被水泥路取代，以前成片的茅草屋早已没了踪影。文凤的母亲在门前的田里种菜，远远看到我们，竟然大声地喊着我的名字，我非常激动，这么多年过去她竟然还记得我。

阿姨拉着我的手，一边拭着眼角的泪一边说："怎会不记得，要是当年文凤和你一起复读，考上大学，就不会这么苦了……可惜我们没听你爸爸的劝告啊！"

她娓娓而谈，三十年前的时光顿时扑面而来——

父亲推着一辆破旧的自行车，裤腿裹满泥泞，顾不上雨水和汗水滴答，他对吃惊的文凤父母讲明来意：想找文凤和自己女儿搭个伴，到崇州复读……父亲是挨家挨户问过来的，除了文凤的名字，父亲只知道她刚高考落榜。

文凤是他找到的第三个同学。和前面两位家长的态度一致，文凤的父母也认为女孩子不必读太多书，况且家里拿不出复读的学费和生活费……父亲推着自行车离开的背影深深地震撼着文凤的父母，他们甚至动摇过，但窘迫的家境又让他们放弃了一闪而过的念头。

阿姨叹了口气接着说："当年，你爸爸态度很坚决，我们留他坐一会儿，他说还要再找下一个同学……"

我仿佛看到，父亲骑着自行车在崎岖的路上小心前行，一场雷阵雨突如其来，他被迫去路边的农舍避雨，自行车却卡在沟壑里，拔不出来，推不过去，而雨水，已经劈头盖脸地打过来……父亲辗转在乡村之间奔走，挨家挨户询问，费尽周折地打听，只为了给女儿找一个同伴，其间的苦与累岂是我能想象……

我在泪眼迷蒙中恍然明白，当年到崇州复读是来自父亲细心周到的安排啊。

而这一切，父亲从未提及。

后来我问及此事，父亲只淡淡地说了一句：你从小就腼腆胆小，不找个同学和你一起，我怎么能放心。

中年的父亲不放心外出求学的我，年老时候，却总是努力地让我对他放心。

那一年，父亲生病住院。我每天下班后去病房，父亲总会装出病情好转的样子，总会强打着精神问："放学了吗，这么早就来了……"别的病友羡慕他好福气，子女争着来陪护。父亲却说，当老师不能有半点马虎啊，一个班的孩子就是几十个家庭的希望。

他考虑得周到，唯独不会想到自己……

每年春节前后，都是父亲最忙碌的时候。他细致地裁剪着红纸，写下一副副春联，一张张福字，有时候，墨迹还未干，已经有人付完钱候着了。低廉的收费与他高度的敬业精神实在不相符合，但他乐此不疲。我担心他累着，不让他写，他很不高兴，我只好作罢。每当看到附近乡镇的寺庙、道观上有熟悉的字迹，我总会凑过去看落款，验证我对父亲字迹的熟悉程度，我为它的随处可见而引以为傲。

把生活的重担扛在肩上，把对子女的关怀默默地藏在心底，那深沉似海的父爱，那仁厚正直的心灵，我的拙笔怎能表达其万分之一。

我总是暗自祈祷：仁慈的上苍，让我的父亲活过百岁吧，一定要给够我二十年光阴尽孝，让我好好爱我的父亲！

在乡下的老屋里，皱纹和老年斑慢慢爬上父亲的脸庞，他戴上老花镜念着新写的诗词，那摩挲着稿纸的手早已失去昔日的光泽。我默默地看着他，夕阳的余晖从屋檐下斜射过来，和童年时候的某个黄昏那么相似，一切，还仿若从前啊……

（此文根据朋友口述，为其父八十岁生日而作）

——写于 2016 年 10 月

冬天，到石羊去沐浴阳光

　　说到冬天就会顿生寒意，就会想起困居一方斗室时，透过覆着薄霜的窗玻璃看到的秃树枝，以及树枝背后的那一角灰暗天空。那是萧瑟而缺乏活力的季节，让人对春暖花开有着强烈的渴盼。然而，若是处在天府之源的都江堰，便有得天独厚的优势，离石羊那么近，随时可以沐浴冬阳，随时可以遇见花开。那列通向春天的时光列车，就让它停在冬天的石羊镇吧，干吗还盼着别的呢，这里一样可以惬意地享受花香和温暖。

　　某个冬日的清晨，约三五好友驱车前往石羊，一出城，川西平原广袤的土地次第铺开画卷：田埂河渠纵横交错，远处的山峦衔接着瓦蓝的晴天，和风挟裹着川芎的药材香气扑面而来，不知名的鸟儿四处欢啾跳跃，如果不是某个衣着鲜亮、戴着围巾的农妇出现在村舍旁，你会渐渐忘记刚翻阅过历书——昨日立冬。

石羊，五代十国时期就享有盛名，那时，它是青城县县治所在地，集美貌与才华于一身的后蜀国贵妃花蕊夫人就出生在这里。她幼年时沐浴戏水的地方，如今依旧清澈地映着蓝天白云，草木葱茏，石拱桥安然屹立，旁边的白石上写着"花蕊湖"。临风而立，遥想那个古典的美女，恍然穿越了千年的时光。

在石羊，不止有花蕊夫人的足迹,诗圣杜甫、"一瓢诗人"唐求、"石湖居士"范成大，范成大的好友爱国诗人陆游，明代第一才子杨慎……他们也曾沐浴在这冬日暖阳下，在羊马河畔漫步吟哦，在竹篱茅舍里漫卷诗书……刀光剑影黯淡，鼓角争鸣远去，那些永恒的诗句依旧在岁月的长河里闪烁，在石羊人的心里熠熠生辉。

当灰白的水泥路四通八达，连接着周边城市，也通往村民的院坝时，我们竟然还能看到古青城县遗址，那些散落在乡间篱笆旁的毫不起眼的砖瓦，见证过华丽的盛唐风云也承受过后蜀的纷乱战争，它们安静地与泥土相依，一千年前如此，一千年后也是如此。

在金羊村的银杏公园里，一条宽阔的大路伸向远处的河畔，阳光明亮而洁净，一尘不染，还带着原野上植物的香甜气息。随处可见参天的银杏树，仿佛一只只擎天的手臂上布满金灿灿的蝴蝶，飒飒西风吹过，它们扇动翅膀，和阳光一同舞蹈。碧蓝的天空，恬淡的村庄，金黄的银杏树，造物者挥动着阳光这支金色的画笔渲染出一幅生动的油画。孩子们奔跑跳跃着，不停捡起地上的银杏叶向空中撒去，叶子纷纷散落，留下一串笑声。年轻的女子则安静很多，她们把银杏叶堆在一起，堆成一个硕大的心形，她们带着心仪之人跟它合影，让它见证爱情。路旁的紫薇树被巧手的匠人做成花瓶或屏风，阳光照着那相互缠绕的树枝，仿佛要唤醒那些沉睡的花苞与叶芽。古老的大槐树依旧繁茂，饱满的叶子绿得浸出了油光，树荫下摆放着简朴而又显露天然本色的桌椅，给这片厚重的土地增加了几分悠闲的色彩。

往前走便是岷江，鸟雀们轻盈飞过岸边的芦苇丛，水中的鹅卵石清晰可见，缓缓流淌的河水把大片大片的阳光的影子带向远方。想起《论语》里的话，不禁哑然失笑，不必等暮春时节，也不必等"春服既成"，就在石羊，在这个冬日的暖阳下，就可"风乎舞雩"，就可"咏而归"。

——写于 2016 年 11 月

飘香的蜡梅

每当闻到蜡梅的芬芳时，我都会想起很多年前的那个夜晚……

那时，我还在上大学。那是没有顺风车、没有手机，甚至没有钱的年代。那一年放寒假时，为了尽快回家，我买了晚上10点到站的车票，而且只有站票了。晚上没有班车到我们小镇，但邻家的一位姐姐正好在火车站调度室工作，我决定去投奔她。

午后一上车，我就开始站着看小说。虽然火车上很拥挤，但几乎都是各高校放假的学生，所以大家相处得其乐融融，有人跟着"随身听"哼歌，也有打扑克牌的。天气寒冷，火车上却温暖如春。

我一直待在7号车厢。列车员是个小伙子，他很忙碌，帮那些上下车的同学拿行李，还要时时打扫车厢。有几个打双扣的同学只顾着手中的牌，让瓜子壳散落一地，那个列车员瞪着眼睛，凶神恶煞地说："这是什么素质？"那些同学赶紧讪讪地帮着拿扫把。

时间过得很快，马上要到站了，我遥望着果城熟悉的夜景，心潮澎湃。想到第二天清晨就可乘车回小镇，能见到父母惊讶喜悦地出门迎接我的样子，觉得真是幸福啊！

我拎着行李出了站，外面有很多出租车，师傅们殷勤地问着乘客去哪里，有的正和乘客讨价还价。有些同学一出站，便有亲人迎接上来，接过行李，打车走了。我从站门口的小门进去，穿过廊道找那邻家姐姐。暑假时我曾经和她一起玩过，所以轻松地经过七弯八拐的廊道后，找到了她的寝室。然而门却紧闭着，她不在！旁边有人说她昨天就休假了，我立即傻了眼。等我转身出来时，出口处的那道小门却被锁上了！前后也就几分钟时间，进去容易，出来却是不能。

只好再找另外的路，费了些周折，倒是走出了廊道，却又辗转到了进站的检票口处。然而，铁门紧锁，仍然不能出去。候车室里坐着寥寥几个人，隔着铁门好奇地打量着我。我急得满头是汗，却又无计可施。忽然见到7号车厢的列车员从铁门外经过，我赶紧挥手招呼他，如见救星。他回头看着我，露出嘲讽的表情，揶揄道："逃票也太早了哈，下趟车还有两个小时呢！"我急得眼泪都掉下来了，辩解道："我刚从车上下来！""是吗？"他讥笑道，"每一个逃票的人都不会承认自己是逃票的。"我委屈地嚷道："我真的不是逃票，我刚才还在你的7号车厢啊！"

　　他打量着我，讥讽的笑容还没散去，语气却是柔和多了，说道："哦，我想起来了，你是站着看书的那个！你怎么跑里面去了？"——天哪，他终于认出我来了！我使劲地点头，咬着嘴唇，怕自己一说话就止不住眼泪了……他说："等一下，我去给你找钥匙。"

　　我十分感激地对他鞠躬，然后走出站去。外面一片寂静，刚才那些出租车都没了影子。冬天的夜晚，在这个新建在郊外的火车站广场上，除了两行清冷的街灯，就只有寒风呼啸……我头脑里一片空白，失去了最后的安慰与主张。

　　"你怎么还在这里？"——还是那个列车员。我缩紧了脖子，嗓音颤抖着，总算讲明了自己已经没处可去。他望望这静寂的夜空，皱着眉头，沉默了半晌说："你一个女孩子家怎么不找个同路的人啊？这附近连旅店都没有！……"我呆呆地站在风中，遥望着远处的灯火，一股说不出的凄凉感涌上心头……

　　列车员想了想，说："你就在这里站着别动，等我一下。"他匆匆进去了。再出来时，已经推着一辆摩托车。他递了个头盔给我，笑着说："我把好事做到底，送你去汽车站，先看看有没有顺路的长途车经过你们那个镇，如果没有，就把你送到师大女生宿舍和我妹挤一晚。"我什么也说不出来，只是感激地点头。

　　我坐在摩托车上，耳边是呼呼的北风，百感交集。如果没有这好心的列车员，我是在铁门外还是在候车室里等待天明？寒风萧萧，长夜漫漫。

　　摩托车飞驰着路过了文化路，"对台办事处"这几个字在灯箱里十分明亮地晃过眼睛，我蓦地想起高中时的一位语文老师，她教过我一年，然后退休了。我曾是她很爱的学生，周末还去过她家吃饺子。她就住在"对台办事处"家属区。我对那位列车员说："我去看看我老师是否还住这里。"他很高兴地说："这里环境好，一般不会搬家。我在这门口等着你，如果你找到老师了，就在那楼上挥挥手，我就不等你了。"

　　我跑向那栋楼的单元门，楼下有一丛蜡梅在路灯的映照下无比灿烂。我回头看看那人，他正站在大门口，摩托车停在旁边，他见我回头，又说："去吧，我等着你。"我的眼泪终于涌了出来，再看看他，很想记住他年轻而真诚的笑容……

　　我擦干了泪，试着敲了敲门。

　　门开了，是我的老师！她惊讶地看着我，立刻又微笑了，她说："放寒假了？"那晚她一直在收拾行李，准备第二天去母亲家。

　　我赶紧冲到阳台上，对外面那个安静站着的身影挥了挥手。我已经看不清他的脸了，只感到楼下的那丛蜡梅的芬芳还在夜空中弥漫……老师递过一杯热的牛奶问道："是同学啊？"我说："是一个好心人……"

　　很多年过去了，再也没有见过那位列车员。我常听朋友说起人心叵测的话，总感到自己运气太好，遇到好人太多。

　　我一直在心里珍藏着好人给予的温暖，还有那一丛盛开的蜡梅。

　　　　　　　　　　　　　　　　　　　　——写于 2013 年 12 月

导游小黄

一

　　天空逐渐黯淡，夕阳还没有收敛光芒。这是八月里一个寻常的黄昏，旅游大巴在金灿灿的光辉里一路疾驰。我们这车来自四川的游客，正在返程去贵阳火车站的途中。

　　导游小黄把麦克风握在手里，笑脸被镀上一层金光，他给游客们鞠了一躬，开始讲话了。他是一个很有喜感的小伙子，三十多岁，黝黑脸上的宽额和大嘴特别醒目，一开口先笑，大嘴咧开，扩成一个夸张的倒三角形。

　　他不再滔滔不绝地介绍景点，而是提起当地特产波波糖，说起名字的来历。它原本叫婆婆糖，意思是掉光牙的老婆婆也会喜欢吃，因为进贡给慈禧，不敢说这么土气的名字，临时叫作波波糖。

人家对他推销的说辞心照不宣，却不能不承认，他的笑容依旧真诚，打起广告也是娓娓道来，不卑不亢。

对于导游在车上做销售的行为，每个多次旅行的人早已产生抵触情绪，大家归心似箭，可以听听故事，却并不愿意去所谓厂家购买。小黄的笑容没有掩饰住心里那点失望，他一边收拢麦克风，一边问道："大家确定不去了？那我们就直奔火车站喔？"

大巴疾驰，车里陷入沉寂。忽然一位大姐举起了手，她大声喊道："我想去买波波糖！黄导人好，你拿提成，我愿意！"她的声音略带沙哑，却掩饰不住兴奋。话未说完，更多人举起了手："我也要波波糖。"那个投诉过导游的红衣旅客声音特别响亮。

一瞬间，小黄的脸上充满激动和喜悦，很明显，他喜欢这种带着夸奖的支持。

车刚停下，有人拿着一把购物袋已经候在那里了，袋子上有手写的号码45，大家领了袋子纷纷朝入口而去，最后，司机摸出香烟慢腾腾地走下车来。

此时，小广场上已经停了很多旅游巴士，而售货大厅另一边的出口处，一位美女导游正在回收购物小票，她很专注地盯着票据上的数字。

导游小黄去入口处领了几颗免费品尝的波波糖，他倚靠在廊前的圆柱边，递给我两颗后说："我从来不劝人买东西，老祖宗的话说，君子爱财，取之有道。是你的财不会跑，不是你的也不要强求。"第一天接团他说过类似的话，但这刻，我已确信它的真实性。

二

第一天，成都到贵阳的动车被临时取消，火车到站时间比行程安排表上晚了五个小时。一场细雨带来了盛夏的清凉，也让贵阳车站周边的街道上遍布泥泞，拖着行李箱走了长长的路后，终于在大巴上入座，我们皱着眉头看着笑容可掬的导游小黄拿起麦克风。他先说四川的几处名胜，如数家珍，然后说到绵阳、衡阳、贵阳，"大家知道这些地名为什么都有一个阳字吗？"小黄期待地看着大家，然后笑着自问自答道，"我国古代，山南水北称为阳，这些地名都是这样来的……"

后来小黄告诉我，每天在车上说的话，他都用手机录下来，晚上在酒店里放给自己听，还要拿笔在草稿上修改，有时会改到凌晨时分。"我说话时总有口头禅，很难纠正，一直在提醒自己。"他有点不好意思地笑道。我想起他介绍景点总说"是不是啊"，忍不住笑了。

吃完午饭已经两点过，行程上安排先游小七孔，后到大七孔，小黄建议给小七孔更多的时间，把第一天和第二天的行程互换。起初，大家只是默认，等两处景点都去了，才蓦地意会了小黄的明智。大七孔不必多说，小七孔却是人间仙境，令人流连。

"从西门往东门，正好由高到低，轻松步行。找不到路时，看水往哪边流，你就往哪边走。"小黄给大家发观光车的车票，一边叮嘱道，"可以随时给我打电话。"

别的游客在水上森林满脸通红地爬坡时，我们正在悠然地戏水。

到西江苗寨的路上，小黄说："要经过苗银的博物馆，那里有卖银饰的，大家喜欢就买，不喜欢就听解说员讲解，可以长知识的。"众人举手说愿意去看看，但一位红衣游客质问道："说了不购物，怎么还带我们购物？"小黄微笑道："你不买，绝对没有人强迫。""那也不行！会耽搁我们去苗寨的时间！"红衣游客柳眉倒竖。

"到苗寨是明天早上，耽搁不了的。"小黄笑着解释，"你如果不想听，可以在楼下休息一会儿。"

在博物馆略微幽暗的灯光里漫步，听苗家姑娘介绍墙上展示的手工刺绣嫁衣，似乎正在一条神秘的河流里徜徉，转过楼梯，蓦地进入一个明亮的商店，银饰熠熠闪光，红衣游客不耐烦地嘀咕道：导游骗人，明明是卖东西，非要说博物馆！

大家不声不响地上了车，没有买一件银饰，小黄笑着调整麦克风，开始讲西江苗寨，最后他说明天早上七点半就餐，八点出发。

"为什么不七点出发？"红衣游客问。

小黄笑道："我早一点没问题，但是司机休息好更利于安全开车。"

"我要去苗寨拍照片，必须早点。"红衣游客不依不饶。

"就八点出发，多睡一会儿吧。"车上有人说。

这天晚上，红衣游客投诉导游，说小黄强迫游客购买银饰，不买就不按时到苗寨……

清晨，小黄的笑容没有前日里那么自然，但他依旧向每个游客问好。红衣游客讪讪地走上车，众人没有理睬她。

"第一次遇到游客投诉。以前被同行投诉过，那是一位做导游不久的全陪，她怕游客对她不满意，来个先发制人，把我告了，哪知道一调查，游客对我满意度很高。"后来在神龙洞门口，小黄给我讲起被投诉的事，他说，旅行社派出全程陪同游玩异地景区的导游叫"全陪"，而当地负责接待的叫"地接"。

我同情地看着他，说："这一行也不容易啊。"他笑着答道："这些都不算什么，我同事还被游客打过，我比他幸运。"

有些游客一下火车，发现路边小广告上的旅行安排便宜了一半多，就闹着要退钱，擅自离开后又发现其中的猫腻，折回来再次要求导游安排吃住，没谈妥就打起来了。

"有对景点不满意责骂导游的，有对吃住不满意要求退钱的，还有坚决拒付合同上交通费的……"小黄说，"十年前导游才好做，可惜那时候在跑销售呢。不过，十年前很多人是公费旅游吧，现在都是私人掏钱，也可以理解。现在媒体总报道一些负面新闻，让人觉得导游都是昧着良心只拿钱不做事的，好导游也不容易得到认可。"

"那没得到认可时，你怎么办？"我问。

"我每天都念《弟子规》，早晚各一次。念完了，烦恼就没了。——我给你看看我师父发的短信。"他点开手机，那里写着：天无一月雨，人无一世穷，风雨过后有彩虹。

小黄接着说："师父做导游十一年了，他比我大七个月，比我懂得多，很多东西都是他教我的。"

我问小黄毕业于哪所大学，他诚恳地笑道："我只是初中毕业。"他没上高中就去参军，退伍后跑了几年销售，不喜欢公司里死板的签到制度，辞职不干了。那时候就希望做自由的有趣的工作，于是考了导游证。

小黄粲然笑道："我喜欢这个工作，每次接团前，我会上百度查各种资料，以便与游客更好地沟通，这是一个能增长见识的职业。"

三

去黄果树瀑布景区的前一晚，导游告诉我们必须早起，游玩时候既不能按常规由近及远，也不能像小七孔那里由远及近，只能先到最经典的大瀑布。

"别人在景区门口排队买票时，我们已经在大瀑布拍照了。别人在水帘洞里堵得水泄不通时，我们可以到莲池赏花了。大家十一点二十到景区门口就餐，等别人来等座位时，我们就吃完饭了。"小黄运筹帷幄，笑着说完这番话时，我们并没有想象出第二天人头攒动的具体景象，只觉得这人蛮灵活，说的一定对。

第二日清晨，等我们惊喜地把大瀑布前一道炫目彩虹多角度拍完后，忽然发现刚才走过的半山腰路上已经黑压压地满是行人。

中午一搁下碗筷，两个刚刚挤进来的导游同时占领了我们的餐桌，门口，密密麻麻的游客怨声载道。

"这哪是旅游，分明是逃难，幸好我们导游聪明！"我们团里的一位女士在感慨。

烈日下，到处是灼目的光亮，观光车刚停稳，入口处的游客便似决堤的洪水倾泻而出，瞬间把车里的空间占据。

"这样的场景会持续到国庆节后，每年的七八九月，各地景区爆满，去哪里看风景都要淡季去。"导游小黄真诚地说，"人多，我会更容易挣钱，但是，我更希望大家看到多彩的贵州而不是人山人海。"

这三个月里，他可以赚足够的钱养家，供孩子上学，给母亲拿零花钱。他春节前后不带团，便去老家乡镇上卖对联卖红包，这样，八十多岁的母亲可以每天看到他，慈祥地对他微笑。

妻子和孩子呢，二十多天没见着了，那次大巴车经过家乡，高速路上，他远远看见妻子骑着自行车在土路上颠簸，隔着车窗，他朝她挥手，她专注地控制着自行车的方向，并没有看见。

——写于 2016 年 8 月

春风沉醉的晚宴

　　2月25日的黄昏，我有幸来到扬雄故里参加凤凰诗社的活动，得以与杨牧先生共进晚餐，激动之情溢于言表。

　　读着先生的诗歌长大，对西北边塞无限向往。我特别喜欢那首《痴情》：

纵使江南 绿水滔天 翠屏金曲 垆边望月 画船听雨

我要说：我在这里！我在这里。我在戈壁

风沙扑打的风景线上，我在这里

霜箭点射的辽阔垦区

雷雾、山岚、飞瀑、雄鹰……

　　我常常透过这豪迈的边塞诗情想象这样一幅画面：有着仗剑远游的侠客风范的杨牧先生，目光刚毅地站在边塞的广袤天地之间，西风猛烈，黄沙漫漫，远处，黑色的骏马长嘶着奔腾而来……

去年在柳街的田园诗歌会上，有幸与杨牧先生有一面之缘。时值清晨，花香鸟鸣混在润泽的空气里，整个湿地庄园显得宁静而朴实，让人身心舒展，十分惬意。先生偕夫人从对面石拱桥上走过来，沿途走走停停欣赏着美景。尽管已知这是杨牧先生了，我还是很吃惊，先生慈祥的面容让人倍感亲切，仿佛他不是那位誉满华夏的著名诗人，而是邻家一位温厚仁爱的长者。我站在桥下恭敬地问好，先生温和地点头，望了望我所指的餐厅方向，微笑着向我致谢。

记忆很深刻，又充满遗憾，竟然没有机会聆听教诲，甚至没有请先生合影。

这次，无论怎样都要弥补遗憾！

先生坐在圆桌的对面，花白的头发齐整地垂在脑后，依旧是亲切温和的笑容。他穿着一件灰黑色与珊瑚红相间的毛衣，搭配着枣红的围巾，十分优雅得体。

席间，一位朋友讲起吃羊肉的事，这话勾起了先生对大西北生活的无限回忆。他兴致勃勃地讲起山羊和绵羊的不同待遇，他说："南方人宰杀的羊，在北方被唤作山羊，北方人不会杀它们，因为北方养了很多绵羊，绵羊笨，需要机智的山羊引路，山羊担任了劳苦功高的领头羊职务，人们会养它到终老，然后才隆重地掩埋……"先生语调缓慢，娓娓道来，我们仿佛置身于茫茫戈壁，有一群人正表情凝重地厚葬一只老去的山羊，尔后，一只年轻的山羊被赋予头羊的身份，它高视阔步，带领一群绵羊向坡地走去……

先生接着讲到北方人杀羊。他一边用丰富的语言描述着，一边把两只手掌向上摊开，在桌子上缓缓移动，仿佛正把绵羊摆在桌上；然后抬起左边手掌做出倾斜的姿势，一点点平铺着移动，嘴里还发出嘶嘶的声音；接着又抬起右边手掌做同样的姿势，简直比"庖丁解牛"还精彩，那么血腥的事情在先生的描述下竟然诗意无限！我听得如痴如醉。木格的窗棂外，春风沉醉，天色欲晚，一树枝干嶙峋的海棠伫立在庭院里，橘黄明媚的灯光投射过去，竟是一幅亦真亦幻的图画。今夕何夕，如此幸运，聆听先生讲故事，简直如同梦境啊！

先生讲完后，端起一杯豆奶正要喝下，忽然想起了什么，他对旁边的干老师说："上次你的一个女学生……"干老师故意打断话茬开玩笑道："是不是很秀气很文雅？""不是，"杨牧先生摇摇头说："不秀气……"干老师一本正经地反问："我的学生有不秀气的吗？都是内外兼修的。"先生依旧不紧不慢地说："不秀气，是豪爽的类型，举起酒杯就是这样的！"他模仿那个女生的动作，卷起袖子，握着豆奶的手忽地一下推出去，做干杯的样子，豆奶一经颠簸，顿时漾出杯子，在手腕上横流。一桌人都被先生逗乐了，一边赶紧递过纸巾帮忙擦拭，先生也笑，似乎对自己的模仿秀很满意。先生一点也不像年过古稀的老人，完全保持着一颗至纯的童心，这使得他青春常在，风采依旧，他的诗歌也保持着经久不衰的魅力。

我请先生合影，先生很愉快地答应了。

曾经读过一句话，大意是：保存葡萄的最好方式是酿酒，保存岁月的最好方式是写诗。现在我想添上一句：保持年轻状态的最好方式是做一个像杨牧先生一样的诗人！

正如先生不朽的诗作《我是青年》中所写那样：

是青年——

我的血管永远不会被泥沙堵塞；

我是青年——

我的瞳仁永远不会拉上雾幔。

——写于 2016 年 2 月

华

前晚梦见华掉下悬崖了，惊醒后只反复地想到一句话：幸好是个梦啊！

想到梦境，我疑心她出什么事了，整天都有点心神不宁。华是我在龙门最好的朋友，虽然我们相处只有一年，但那是为梦想执着的炼狱高三，所以实在是患难之交。

我在QQ上联系华，却惊闻噩耗，华的母亲几天前去世了……我呆立了半晌，不知道该说什么，文字在这样的情况下太苍白！

华的母亲我见过，在二十年前，那是一位很刚正很严肃的母亲，在做生意，闲暇的时候还喜欢看华的地理书、历史书。华说是癌症，半年了，无力回天。我难以想象她的悲恸。我难以表达自己的哀悼，唯愿逝者安息，生者珍重！

后来，我想，为什么半年了我却不知情，尽管我对生死无能为力，但起码，我对华应该尽到挚友的职责，起码我应该关心和安慰华……可是，我居然不知道这一切，我倍感愧疚。

而华，曾经给予我的，是此生难忘的深深的情谊！

二十年前，华就是个很有理想很有见地的女孩子，她成绩很好，喜欢追求完美。有一次，数学老师在课堂上出了道难题，把所有同学都难住了，几个成绩特好的男生都没回答对，数学老师环视一遍教室，摇摇头说，男生回答不上来，女生就更不会有谁来回答了！他皱皱眉头，有着恨铁不成钢的遗憾。华立刻站起来，思维缜密地讲了解题思路。我现在都能清楚记得她当时脸涨得通红，语速很快，很急切，似乎不是要讲清楚那道题，而是很希望反驳老师对女生的歧视。

她喜欢独具个性的东西，那时她有一个黑色丝绒的发圈，上面缀着一个金色的蝴蝶，那年月，是很奢侈的饰品了，一个月的生活费才一百元左右，那个发圈却花掉她25元钱。为了喜欢的东西，她不吝金钱，更看重一些精神层面的快乐。相反，我单调而缺乏品位，那年月很难说出自己有什么特别的喜好。

我曾经是一个沉默的人，不怎么懂得和别人交流，放到人堆里，除了个子高点让人略有印象，其他的几乎不会引起任何人的注意。华却不一样。那时，校门外的长长石阶下，有一棵大槐树，树下有一家面馆，门口支起一口大锅，热气腾腾地煮面、烫米粉，我总是一个人找个角落坐下等面，呆头呆脑地吃完，付钱后就走，不会多说一句话。华却相反，她笑意吟吟地握着叉子，很热心地站在大锅旁，关注着煮面的过程，她会说，多加点菜叶，这两碗再放点油和醋……那时她常常穿件黑红条纹的针织衣衫，圆圆的脸上是自然真诚的笑容，没有哪个老板会拒绝这样一个女孩的小小要求，因此，我经常跟着"沾光"，有时候我单独去吃面时，老板还会关切地问：红衣服那个怎么没来？即使一碗面，华也能让它朝着自己喜欢的方式去要求别人做，这或许成就了她日后喜欢为品质生活孜孜不倦追求的习惯。

有一次，我的脚趾甲边陷在肉里，钻心地疼痛令我寝食难安。医生说是甲沟炎，坚持说要把趾甲拔掉，那连续的几个星期里，我的脚趾头战栗地疼痛着，很难投入到学习中去。华每天帮我打饭，还给我讲题，晚自习后，比我矮半个头的她，硬是把我撑起，让我踮着一只脚移回了寝室，早上再同样地移往教室。我还深深记得她说：你把重心往我肩上移，免得那只脚用力。我从小到那时，从没思考过照顾别人的事情，那以后，却终于懂得了关爱和付出的艰辛。

华曾说，女人，一定要有自己事业，这样才不会被男人歧视。几年后读到鲁迅的《伤逝》，为其中一句话——"人必先活着，爱才有附丽"——而深深触动，同时，也对华充满了敬意。她的思想境界一直远远在我之上，我对未来很懵懂时，她已经有了很多人生规划。

华一直想考西南政法学院，做律师、做法官是她热切追逐的目标。这是重点本科，录取线很高。然而，当年班主任老师完全没有想到我们班那么多同学能超越重点线，只是在高考前再三要求大家把所有的志愿都填报，争取有更多的同学进入大学，结果是，成绩最顶端的同学都去了各类提前录取院校，华被录入西南师大，不能当律师了，这成了她的心结。但这丝毫没有令她停息奋斗的步伐。因此，后来，当我刚学会做一名普通的乡村教师的时候，华已经去香港参加教育教学的年会了。

大约是2001年的暑假，我去了华的家里，两居室，干净整洁、富有个性色彩的家，一切都是她亲自参与打造的，热天有空调，冬天有单位提供的暖气。她的老公，一个能干而低调的男人，很爱她。

那之后，原本应该邀请华到我家玩耍的，可是，那时我还住在学校的宿舍里，从外到内条件恶劣，我迟迟不愿说出邀请的话来，这是源自内心的一种自卑感在作祟。再以后，我生了孩子，然后搬家，然后，渐渐与华失去联系。其实，我心里一直有一份对华的牵挂和敬意，在那些追逐梦想的时光里，幸好有华陪我战胜困难，而且她一直走在我的前面，提醒我不要太懒惰。很多年前这样，很多年以后还是这样。

我们很少见面，曾经，在QQ上我偶尔会看到她畅游天下的照片，知道她一如既往地追求品质的生活，知道她一如既往地幸福和快乐着。此外，很少和她聊天，这样的距离，使我不至于太自卑，为了保护我敏感的自尊，我成了一个自私的人，我忘记了对华付出应有的关怀。我甚至在她悲恸面对至亲的亲人离世时，毫无知觉。而华，每到新年都会先给我发来祝福，甚至在感恩节还发来了短信，其实，我才应该对华心存感恩的，我对她远远不及她对我的关怀和至诚，那是一份人世间难得的深情厚谊。

——写于 2013 年 3 月

二十年，我做了三十斤的发财梦

一

在这所小城的学校里，只有门卫有资格谈论彩票。

门卫唐叔曾经是我们学校的教师，退休后替学校看门。他的买彩票经历开始于上世纪 90 年代初——那是彩票第一次在这个城市出现的时候。如今，这段经历已远远超过了刚走上工作岗位的人的年龄。

"没钱不行！房子、医疗、教育，每天的基本生活……哪一样可以少花钱？工资只有这一点，赚钱太难了！"唐叔掰着手指头比画。

"可是彩票的中奖率好低呢。"我道。

"哪一样不低呢？做生意要本钱，兼职要时间。体制内的事情看似松散，谁敢上班时间不在岗？我一个月只有那么一丁点固定收入，我没有别的门道。"

说着，他拿出一个纸箱，里面是满满一箱彩票，一张张小卡片挤在一起，足足三十多斤，那是他沉甸甸的发财梦。

因而当大乐透巨奖 1325 万无人认领的消息传出后，唐叔鄙夷地说：这种愚蠢不值得同情。

他拿出个精美的本子，一页页翻："每一期彩票中奖号我都记着，彩票也保存着，除非它已经中奖了。"他费力地证明自己，证明着买了彩票却不兑奖，中奖了却不知道，是多么愚蠢的事情。

二

唐叔是山里人，父亲早逝。他母亲老实厚道，一辈子勤俭节约。他自幼勤奋好学，那时候，只有一个初中没毕业的民办教师，教着他们村所有七到十五岁的孩子，唐叔却奇迹般地考进县城中学，还考上了高师班，这让他母亲多年来都无比骄傲。

年轻时的唐叔文质彬彬，课余时间还给校园广播站写写诗，再加上一手好字，在不到一千人的师范校里小有名气。"我得过几次省里的书法大奖，那时候，常有女生来找我借书，看我练毛笔字。"

可惜好景不长，师范毕业后，按照规矩，从哪儿考来的就得回哪儿去。唐叔指向远处的山峰："我老家到处是那样的山。祖祖辈辈种地，盼着我光宗耀祖。我师范毕业了，一个月工资只有三十多块钱。"

回家乡教书的时候，村里人对唐叔说："你辛辛苦苦考个师范，又回来教书，和民办教师有多大区别？"

唐叔无力反驳，回乡教书那几年，他不仅无法往家里拿钱，相反，体弱多病的母亲常常给他送鸡蛋和小菜。"我当时拼命想调出来，到处借钱、找关系、送礼。母亲得了糖尿病，却一直瞒着，只是一味给我凑钱。"

在山里待了四年，他终于调到这所县城学校来，"离城近，好像自己也算个城里人了。"

后面的一切却没有想象中顺利，唐叔先教语文，但因为地方口音太重，他一进教室，调皮孩子就起哄。不到一年，唐叔改教历史，后来还教过生物、地理、政治……

每教一门学科，唐叔都把课本翻来覆去地看，"那时候教书，没有现在这么多参考资料，全靠自己，我几乎可以把书上的内容背下来。起初，信心十足地进教室，以为这学期会好点，新一届的学生该懂事一点。哪知道，学生一听我说话就偷偷地笑，一个星期后，根本没有几个人在听课了……"

说到这些事，他非常尴尬。

新学期，学校又把他换下来，先管阅览室。课时不够，又管理公物，管水电，事情多了，工资却更少了。

每到下课时间，常有人大声喊："老唐，三班教室第一排的桌子，记得换！"那时候的唐叔也就三十来岁。

而直到母亲去世后，唐叔依然很少回老家，"没钱，不敢见村里的人。"村人眼中曾经的天之骄子，如今却拼命努力淡出人们的视线。

那个会写诗，还写得一手好字的唐叔愈发自卑。

有一次他在宿舍的窗户下写毛笔字，教导主任路过，对他说："老唐，有这闲情逸致，也备备课，别把老本行忘了。"

"他说话的表情和腔调，我现在都记得。"唐叔说，很多年里，他的生活是灰暗的。

彩票的出现，却忽然让他觉得看到了希望。

三

那一年，市中区的广场上，卖彩票的摆了张长条桌，把彩票装在纸盒子里，2块钱一张，当场刮开。

一等奖是夏利车，其他奖项是价值依次减少的物品图案，当然，最多的还是"谢谢参与"。

当时，彩票还是个新鲜事物，人们对它有着超乎寻常的热情，很快就成为每天茶余饭后的谈资。每期拿出两元或十元买几张的人很多，刮出一个牙膏是有希望的，但要刮出一台洗衣机、一台电视机则非常难，而刮出轿车的，小城里根本没听过。

但这并没有减少大家对彩票的热情。

那天唐叔下班路过广场，听到有人唤他，是以前的邻居小妹吴丽。吴丽说自己第一次卖彩票，要照顾一下生意！唐叔爽快地掏出十元钱，买了五张搁在桌子上。

之前几天里，他已经买过几次，但什么小奖都没中，这天他只想"照顾生意"，没急着去刮开，坐在那里和吴丽聊起了家常。

过了一会儿，一个小伙子匆匆走来，他拿了张百元大钞说买五张彩票，当时百元的钞票不是很常见，吴丽从钱包里拿出一叠十元的找零。

唐叔开玩笑道："这么大张钱不如多买几张呢。"大约觉得唐叔说得有理，小伙子瞅瞅纸盒子里的彩票，叫吴丽先数数有多少张，吴丽说大概二三十张吧。小伙子说，全买了。

吴丽把盒子翻转过来，把彩票倒扣在桌子上，她一边数着，小伙子就在旁边一张张刮开。他连续刮了十多张后，忽然两眼放光地嚷起来："夏利车！"唐叔和吴丽赶紧凑过去看，果然，那上面赫然画着一辆轿车，这张彩票瞬间成了一张金字的招牌，仿佛在夕阳的余晖里熠熠闪光。

唐叔当时就呆住了。周围很快聚拢了很多人，叽叽喳喳议论着。小伙子揑着彩票笑开了怀，他反复说："没想到运气这么好，这么好……"小伙子笑嘻嘻地把余下的彩票一一刮开，都是"谢谢参与"。但这已经不重要了。

如梦初醒的唐叔依次刮开自己的五张彩票——尾奖也没有。

"我比他先来，怎么就没想到全买？"唐叔懊恼。

中奖的小伙子请彩票销售方现场拍卖了那辆车，他把八万现金装进了包里，把包搂在怀里，乐得合不拢嘴地离开了。唐叔当年的月工资是 582 元，他的心里如翻江倒海，五味杂陈。

此后的很多天里，唐叔郁郁寡欢，难以释怀。

与夏利车擦肩而过的经历，仿佛幽深漫长的隧道里闪现出的一丝微光，诱惑着他去寻觅和探索，他觉得自己拥有那座巨大宝库的密码，却一不小心弄丢了，他得把它们找回来。

唐叔本来就不喝酒，为了买彩票，他把烟也戒了。

四

1994 年，体育彩票开始在全国发行，唐叔每期都买二十元，仿佛定期参加盛大的宴会，风雨无阻，从不缺席。

每次开奖数字一公布在销售点的招牌上，唐叔就目不转睛仔细看着背下来，再盯着手中的彩票一一对应检查。上班时间，他无法在公布中奖结果时赶到，就会问出去办事的同事：今天南街路口有没有放鞭炮？——本地有中三等奖以上的彩票，销售点就会放炮祝贺。

在唐叔看来，只要是小城里这家唯一的彩票销售点放炮了，他的发财梦也就近了。然而，那么多次鞭炮，没有一次是为唐叔响起。

他毫不气馁，那段时间，他坚持用家里所有人的生日来买彩票，还用过各种电话号码来选择彩票数字，走在路上，电线杆或者招牌上，那些和他毫不相干的数字总是最先进入他的视线，他把它们编成一注注彩票，怀着最大的期待投进奖池。

有一次，他梦见自己在打传呼，很多遍，呼一个人，电话老是没回复过来。他睁开眼就情不自禁地惦记那个数字，怕自己遗忘，他起床写在纸上，把它当作上天的暗示。

"好不容易熬到天亮，熬到上午时分，我想，这回不中一等奖至少也该中二等奖，就把那组数字买了一百注！"唐叔经历了"最漫长"的等待，终于等到开奖了，有两个数字确实是梦见过的，然而顺序不一致。他还是连最末尾的奖也没有。

五

福利彩票发行后，唐叔开始关注双色球。

他一厢情愿地以为，这种不讲究数字顺序的彩票更容易中奖。事实上，唐叔也确实中过好多次五元奖，在他买了很多次十元二十元的彩票以后。他的办公桌上有两个装着纸疙瘩的玻璃瓶，一边是用红色笔写的表示红号，一边是蓝色笔写的表示蓝号，他每次用抓阄的方式决定彩票的数字。

那天在投注点，唐叔和几位经常遇见的彩民正谈论着墙上的彩票走势图，外面进来一位熟人，他们各自交流了一番购买彩票的心得，那人无意中说了句："数字 12 好久没有出现了。"唐叔看看自己拟好的数字，就略略修改了一下，在每组的红号数字里把 12 添上，再删掉别的数字。

当晚，唐叔守在电视机前，看开奖的直播节目。每到这个时候，电视不能换台，家里不能有任何声音，他甚至从沙发上挪到塑料小凳子上，就是为了离电视机近点，看得更真切一些。

"你等过电视里的开奖节目吗？"唐叔问我，我摇摇头。"那可是很激动人心的事情。第三个红号出来时，我已经非常紧张，手中的彩票里有一注就包括这三个数字。慢慢地，后面的三个红号依次摇出来，没有 12，有 7！我删掉了 7！"

唐叔又兴奋又失望，拍着腿喊出了声，还险些从凳子上跌坐下来。悲喜交集中，他紧张地看到了摇出来的蓝号和他彩票上的蓝号完全一致。

他中奖了，5 个红号和 1 个蓝号相同，奖金三千元。如果不改，就是一等奖五百万！

此后，二十年过去，唐叔再也没有中过超出三千元的大奖。

六

不喜欢旅行，不钓鱼养花，不搞收藏，唯一的爱好只有彩票。攒下来的那箱子废旧彩票，有些已经泛黄。曾有个别的彩票中了小奖，可以换来五元十元的零钱，但唐叔只是追加彩票，把这些零钱换成更多渺茫的希望。

为彩票的事，唐叔的妻子没少和他争吵。夏阿姨年轻时是个急性子，骂起人来如同暴风骤雨毫无停顿。夏阿姨扯着嗓子责骂的时候，唐叔便像聋子一般默不作声。如今，儿子去了外地工作，家里只有他俩，唐叔的家庭地位才略微有点改善。

"不要希望他乐呵呵回家的时候，会带一把青菜或一条草鱼，他只会带彩票。"夏阿姨幽怨地说，"他只会说彩票又买了，或者彩票又没有中。这么多年来，工资扔进水里了，连泡都没冒过。"

如今的唐叔已经敢于直面夏阿姨的抱怨，他涨红了脸，着急地辩解道："怎么没冒泡了？我没中五百万的大奖，可是中了那么多五块！好多次的蓝号都被我猜中了。"

因为彩票，唐叔比其他同龄大叔先学会用电脑，他在网上分析彩票走势图，那些高高低低的数字和线条，他一看就是一上午。

现在可以在网上下注了，但唐叔一直在彩票销售点下注，他喜欢拿着彩票的感觉，踏实、心安，每一张都是希望，每一组数字都像一等奖。

这些年里，他沉默少语，从不与人争是非长短，除非提到彩票。只要与彩票相关，唐叔可以滔滔不绝，拉着别人谈半天心得。他非常节俭，从不乱花钱。从壮年迈入老年，工资涨过几次，但只能养家糊口而已。退休后他替学校看门，收入略微增加了，这笔增加的钱刚好可以用在彩票上。

唐叔说这种彩票一等奖的中奖概率大约是一千七百万分之

一，他知道很难，但是他说，发财本来就不容易。

这是一种可怕的猜数字游戏，没有天道酬勤，没有丝毫的技术含量，而运气看不见摸不着，遥远得像天边的云彩。大奖很远，但唐叔却觉得，"买下去还有一丝发财的可能，如果不买，一辈子都不能发财。"

——写于 2016 年 8 月

消失的红莲

那时，我们高三文科班单独占用一栋两层的楼房，一楼两个宽大的阶梯教室分别是毕业班和补习班。从左边的露天楼梯上去，就看见一排体育器材保管室，尽头两个大教室做了文科班的女生宿舍。宿舍里，靠墙各有一排双层床，加上中间两排，可以住三十六名女生。

每到曙光初现的时候，勤奋好学的女生会蹑手蹑脚地下床，去门口的洗衣台前洗脸漱口，再进来梳头、抹宝宝霜，朦胧的晨光照在青春的脸庞上，依稀可以看见她们聪慧而笃定的眼神。

红莲是九月底才来的。她身材高挑匀称，眼波流转尽显妩媚之态，每次和我们这群书呆子姑娘走在一起，独特的风韵总让她有着鹤立鸡群的不凡气度。

她是师大英语系大二的委培生,因为不满意去年的高考成绩,想补习一年重新再考。"为什么不去旁边的补习班呢?"何宇问。红莲说我们班的学习氛围更好一些。

她说的是真的,补习班有几个留着长发的男生一边抽烟,一边伸长脖子挤在窗口,拖长声音唤着过路的女生,一见女生仓皇逃走,他们就怪声怪气地大笑。

他们也这样喊红莲,红莲不慌不忙地停下来,扭头微笑地看着他们,目光淡定而从容,那些男生瞬间就没趣地散开了。

周六的夜晚,操场上的电影结束后,姜小月忽然发现裤袋是破的,而她晚饭后刚揣进了一百元钱,那是半个月的生活费。我们蹲在地上,反复地翻动着周边的草丛,从操场到宿舍,来回走了三趟,依然不见钞票的踪影,小月颓然坐在地上,眼泪都急出来了。何宇和我不知怎么安慰她,只好陪着她叹气。红莲从外面回来,听室友说小月的钱丢了,就来操场找我们。她递给小月一张百元钞票说:"我今天在师大领了上期的奖学金,本来想招待你们三个,现在只招待你,收下吧。"小月不要,红莲坚决地把钱放在她手里,说如果遇到"意外之财"就还她。可是,这样的"意外之财",小月怎么会遇到?

每当路过校门旁边的收发室,我们总会伸着脖子往里看。平信是由班主任领取发到学生手里的,挂号信或者汇款单则必须要本人凭学生证到门卫室领取。门卫室的黑板上常常写着红莲的名字,那是广西北海市寄来的,红莲拆开信件,把里面的报纸打开,指着上面某个名字说，那是她的男友，在这家报社做记者。每周三，那人准时给她寄来夹着报纸的挂号信，红莲把报纸给我们看，把信纸揣回寝室独自欣赏。

红莲给我们讲述了和记者戏剧性相识的经过。刚开学时，记者到师大问路找亲戚，红莲以为是辅导员所在的那栋楼，便去带路，却无意中从侧门走出了校园，那是一条安静的小街，和校园里没什么差距，等他们意识到走错时，已经离教师公寓区很远了。他们在这段路里聊得非常愉快，记者也记住了红莲所在的班级，后来给她寄明信片表示谢意。虽然相隔甚远，记者每天都给红莲写信，还写很多诗歌。

不久之后的周末下午，一个学究模样的老头在楼下张望，他汗涔涔地把自行车靠在楼下，竭力平息着喘气声，一路从露天楼梯走过来，向走廊上的女生打听红莲是不是住这里。他穿着针脚粗糙的深蓝色毛衣，戴一副黑框眼镜，样子有点滑稽，刚得知红莲不在，就匆匆离开了。

红莲听我描述来人，眼睛里闪过一丝惊慌，她问："他说什么了？"旁边一个同学插话道："那是你爸吧？他好像很忙，啥也没说就走了。"红莲不自然地笑答："是师大那边的老师。"

那人不会是红莲的父亲，在我的想象里，她父亲应该像琼瑶小说里的父亲们，博学、睿智、明理，西装革履，风度翩翩。这个糟老头，算什么。

红莲告诉我，他是汉语言文学系的郑某某博士，我的脑海里闪现出一张模糊的本地报纸，那个名字常常在那里出现。红莲说，博士是她男友的叔父。

后来博士常来找她，问她的学习，然后推着自行车，和她像父女一般亲密地出去。有一次从外面回来，红莲已经涂上淡紫色的指甲油，那泛着微光的指甲把她的手衬托得光洁而纤长。红莲怕老师批评，她一边把手指小心地插进棉手套，一边偷偷告诉我，是博士给她修指甲和涂指甲油的，博士说这个颜色比红色更高贵典雅。一想到那个土气的老头捏着红莲的手替她修剪指甲，细密的鸡皮疙瘩慢慢沁出我的脊背。

红莲给我讲郑博士，说他年轻时候在贫穷的山村里教书，一直努力学习，不断考试，最后终于成为大学里的博士，太了不起了。他的女儿出国念书了，记者也是他培养出来的。唯一的遗憾是，博士的妻子并不理解他，经常疑神疑鬼地跟踪他，连工资也被控制了。她不准博士穿西服，动辄痛哭流涕地控诉博士当年怎么穷，她怎么卖血照顾生病的他，他不能学陈世美。有一次她打电话到博士的办公室，铃声震耳，响个不停，却又没人接听。一位新来的打扫卫生的年轻姑娘接了电话，外地口音又没说清楚话。十多分钟后，郑博士的老婆就冲进办公室，不问青红皂白地打了那姑娘一巴掌。师大的老师都知道博士有个凶悍的老婆，常常在背地里笑话他。博士非常苦恼。

红莲拈起手套上的线头，轻轻地说："郑博士说，跟我讲讲他的烦闷，心里就好受很多。"

　　那年冬天，一场罕见的大雪把川北的小城装点得如同童话世界一般，时值周末，我们在操场上奔跑着扔雪球。红莲来到操场，红色的羽绒服没有掩饰她黯淡的神色，却让腮边一片青紫的伤痕十分醒目。我们赶紧停下来问她怎么了，红莲说不小心摔倒，在水泥墙上磕的，说着，眼泪就落下来了。我们从未见过乐观大气的红莲会这样沮丧，赶紧安慰她，问她要不要去医务室看看，红莲只是摇头，目光呆滞，神情凝重。

　　此后的几天里，红莲请病假，躲在寝室里不去上课。我们每次看见她呆坐在床头，满脸泪痕，问她，她仍然只是摇头。

　　一天，红莲忽然说，自己要去成都的一家银行上班了，所以得跟大家分开，希望我们以后考到成都的大学就去找她。——难道不去北海了？我蓦地发现，记者好久没有来信了。她带我们去校外吃火锅，说以后会挣很多钱，在成都等我们去"宰"她。

　　后来，热气腾腾的火锅只是寂寞地翻腾，辣椒染红的菜叶时沉时浮。我们无声地坐着，任由眼泪滑落。店外寒风呼啸着，撩起门口的招牌哗啦啦响，深蓝的天幕遥远而清冷。

　　红莲给我们写过一次信，信封的右下角写着：成都某街道某银行"陈颖转红莲收"，她说那是她嫂子。红莲向我们描述着成都的美好，说在那里等我们。

　　一天，我收到一封陌生的来信，竟然是师大的郑博士寄的，他希望我能把红莲的地址给他，说有重要的事情找红莲。那个周末的下午，我独自坐在教室里，翻来覆去地打量那封信，不知道该怎么办。窗外赫然出现个老头，是郑博士，我吃了一惊，他满脸胡须，颓丧的神情里看不出一点博士的风采，甚至没有残存的知识分子形象。一种莫名的厌恶感油然而生，我甚至模糊地感觉到红莲的离开与他有千丝万缕的关联。

博士见我走出，焦急地说："我写的信，你收到了吗？我怕你不明白我的意思，就自己跑一趟来问你，红莲走后给你们写过信没有？"我摇头，还傻愣愣地问了一句："她也没给你写？"博士有点气恼："没有，所以才来问你啊！万一她来信，记得跟我说。"

九月，我如愿来到成都。我想看看红莲笔下热闹的春熙路、幽静的杜甫草堂，还有穿城而过的府南河，我想跟红莲在一起。

彼时，姜小月考进红莲以前就读过的师大，何宇被外省的大学录取了。

大学里的第一个周末，我买了一张地图，仔细寻找那个街道，那个银行，然后找寻去那里的公交车。

银行的职员耐着性子地听我描述红莲，然后一边摇头，一边肯定地说，从来没有这样一个职员。再问陈颖，他说，她刚生了孩子，在休假。

陌生的城市里，我第一次感到前所未有的孤独。

秋风把成都的街巷染成了金色，姜小月从家乡赶来，说信上表达不清楚，要找我单独谈谈。

小月说郑博士的老婆是师大里人尽皆知的笑话，我揶揄道：

"大老远地你是要来讲这些？"小月着急地说："你还不明白，我要说的是红莲！"

"博士的老婆威胁红莲，说要把偷拍到的照片拿到校长那里要求开除红莲，还要发给郑记者。这才是红莲到我们学校的原因。"小月叹了一口气，接着说："你已经傻了吧？那次下雪天，她被博士的老婆打了，师大很多学长都看见了。"

我不愿意相信小月说的话，眼前却掠过红莲的指甲和脸上的伤痕。我和小月再次去了那家银行，费了不少口舌，终于打听到陈颖的住址。

哄着婴儿睡觉的陈颖打量着我和小月，她说："红莲好久没到这里来了。原来在省展览馆替人卖家具，不知道最近还在那里没有。这个傻姑娘就是爱面子又要强，好好的大学不上，非要挣钱养家。也不容易啊，她爸死后，家里就靠她了。她妈体弱多病，她哥先天性的痴呆，唉……""她哥？你不是她嫂子吗？"小月问。陈颖说："我是她嫂子啊，我老公是她堂兄。"陈颖告诉我们，红莲上大学没花过家里一分钱，全靠暑假和周末做家教以及帮人守店铺挣钱。

我们于是去省展览馆（2004 年被改成四川科技馆），大厅里面卖家比买家还多，偌大的天府广场安安静静，全然不像现在这么多人。我们不看家具，只看卖家具的人。我们边走边打听，终于膝盖酸软地走出迷宫一样的大厅，却最终没看到那张期盼出现的面孔。小月一屁股坐在台阶上，把脚从高跟鞋里拔出来，一边揉一边问："是不是她不想见我们，怎么办啊？""红莲不是这样的人。"我捶着小腿，有气无力地答道。

后来的周末，我独自去了几次省展览馆，依然找不到红莲。

一天，何宇来信，说："昨晚梦见红莲了，她又带我们去母校外面吃火锅……"

这样的梦，我也做过几次。母校外的火锅店还在，红莲却消失了。我们谁也没见过她，从那时一直到现在……

——写于 2016 年 10 月

那时，天很蓝

七月的一天，我蹬着一辆二零圈的自行车，在丹城的环城路上，奋力向前。湛蓝的天空里，没有一丝云彩，时值清晨，四面八方都有微风拂来，细密的汗珠仍然不时汇聚并且顺流而下。这辆自行车是初一女孩小鱼的。那时，我是一名大二的学生，也是她的家教老师。她说，暑假不想骑车，就想她妈妈开车送。这辆小巧的自行车就成了我的交通工具。

同行的是那个自我感觉良好的家伙杜林，他轻松地踩着一辆二六圈的自行车，不时吹着口哨，还把双手插进裤袋里，可是，大热天呢，帅哥，你这是赶路，还是秀车技？我心里想着但没有说出，在陌生人面前，缄默是一种美德啊！杜林偶尔悠闲地回过头，同情似的看着我，大约觉得在这么平缓的道路上骑车，不至于这么汗如雨下。可是，我保持文静乃至文弱的状态已经多年，如此不畏艰辛地顶着烈日去做家教，已经属于挑战极限了，难道我应该把自行车骑得像摩托车，才适合与你同行吗？我没有说话，缄默是美德……

小鱼一家对我的认真负责十分满意，那天还没上完课，她姨妈就来家里热情地跟我打招呼，说一定要帮忙找个老师来辅导松松，希望是阳光一点的，热爱体育的，理科好的男孩子。尽管平日里认识的都是中文系里书卷气息浓郁的迂腐男生，我还是满口答应了。

回校后向同学打听，他们说物理系的杜林正好在找事做呢，"喏，那就是杜林。"顺着同学目光望去，只见一名高大帅气的男生搂着个足球正淡定地往这边走。我截住他，表明来意。他说明天早上八点半一起从校门口出发吧。

就这样，这个骄傲的家伙此时正与我一起去见小鱼的姨妈。

"你肯定不爱运动吧？你是中文系的？"他似乎想打破沉默。

"是的。"我抹了一下脸上的汗水，上帝做证，脸红，不是因为尴尬，而是太热。我可从来没觉得不爱运动是缺点。

"那你以前认识我吗？"他问得真直接。

"不认识，我只认识我们班的和个别的同乡。"我很诚恳地回答。

他似乎很失望，他笑道："你们中文系很多女生都给我写过信呢。"

这话有点新鲜,我真没见过这么自恋的人,不禁哂笑道:"是因为你长得帅吗?"

"可能是因为球踢得好吧。"他得意地说,"去年新生足球赛上,我们系一举夺冠,我是前锋。"

"前锋是什么意思?"我很茫然地问。

"天,你连前锋都不知道?"球星杜林瞪着眼,仿佛在打量外星人。

此时,我们已经到了小鱼姨妈的院里。小鱼的姨妈对球星很满意,她希望松松能够在进中学之前的这个暑假里,学会游泳,爱上踢球,并且提高数学成绩。"当然,这些,我们都会付报酬的。"小鱼的姨妈最后真诚地说。

球星在这个暑假做家教收获颇丰,有两次在路上遇见我,都热情地说要请我吃饭以示感谢,我婉言拒绝。不是对帅哥不感兴趣,是我怕自恋的球星以为我是"粉丝",误会可怕,尊严高于一切啊!

我很想告诉他,我真的不懂足球,还有一切竞技项目都不懂,所以对球星也不感兴趣。我们寝室住四人,课余里生活丰富多彩,一起看各类球赛,一起看电影,一起看小说,一起逛街找美食……除了第一类,其他的我都能热情参与。但第一类包括的内容实在太广泛了,比如昨晚欧洲杯的小组出线,比如罗纳尔多和他的女友,比如球场上那个高年级帅哥……所以,谈论球赛或看球赛的时候，我宁可去打开水！

　　我提着四个暖水瓶，一边两个十分平衡。去的时候晃悠悠的，回来的时候沉甸甸的，我远远看见她们三个在那个被梧桐树环绕的排球场边上站着，翘首观望，小丽还不时扶扶鼻梁上的眼镜，爱美的她，只有看比赛的时候才戴眼镜的。"好！"掌声四起，她们在欢呼。

　　我小心翼翼地把水瓶搁在梧桐树下，看着一片片手掌似的梧桐叶纷纷飘落，它们正追着风翻转，飘舞，坠落……

　　"加油！加油！"呐喊声四起。

　　声音很大，树叶都被震落了！可我不想看梧桐叶了，轻轻地走过去，我问她们："还有多久结束比赛？十分钟够不够？"我声音很小，可是，她们周围的人全都扭头看我了，就像看外星人一样，满脸惊诧，这次我很惶恐，干吗呀，难道没跟你们一起看排球赛就成了另类？她们三个表情尴尬，一致劝我留下水瓶先走。

　　我只好纳闷地离开，虽然不爱运动，不看球赛，但是尊严无价！我一定要提着四个暖水瓶离开！如果还有谁需要我帮忙多提两个，此时，我很乐意。

　　等她们仨看完排球，一路兴奋谈论比赛的时候，我已吃了晚饭，准备去图书馆。她们看见我就大笑起来，这善意的笑简直响遏行云，还带着点恨铁不成钢的意思，小丽笑得喘不过气来，她捂着肚子说："你今天可是把咱寝室的脸丢尽了！排球不是论时间结束比赛，是五局三胜，根据比分确定胜负的！"

另外两人笑完了，得出一致意见："得给你普及一下常识了！从明天起，跟我们看球赛去！"

见过赶鸭子上架吗？——大约和我看球赛的情景差不多吧。

这场足球赛是中文系对政史系，我们系的黄色球服和政史系的蓝色球服相互辉映，甚是好看！虽是校内比赛，各系的球迷把球场也围了一道密不透风的人墙，我没有关注人墙，只是觉得蓝天上一轮秋阳很温暖，它正洒下光辉，把周围水泥墙上的爬山虎晒得懒洋洋的。

进球了！有女生在尖叫，还有啦啦队在呐喊，我努力把目光投向足球场上。忽然，我发现黄色队服和蓝色队服中混着一个黑衣人，他时而奔跑，时而停下，他怎么不踢球呢，还老是碍手碍脚，影响别人？我把并肩看球的小萌和小丽从中间拨开，用很大的声音，非常认真地请教："穿黑衣的瓜娃子是哪个队的？"

后来……

唉，后来，后来我再也不看球赛了！你们谁也不要劝我，不要给我普及球赛知识！我是一个文静的人，我要保持文艺的状态……唉！

再后来。我喜欢怀念大学时光，我记得，那时候，天空很蓝，时间很慢，时间是绿色的，郁郁葱葱的，就像……不！不是像足球场上草坪的颜色！我更愿意说，它像梧桐树的颜色。

——写于 2015 年 12 月

快乐的洗车工

阳光明媚的周末，我找出去年冬天用过的厚车套，打算去4S店，请工作人员帮忙把薄的车套换掉。

沿途看见草坪上还结着厚厚的白霜，难怪阳光金灿灿的温度却很低，这样一想，更觉得冷，我不禁打了个寒噤。

4S店总是车满为患，年轻的洗车工手持高压水枪在喷水，他扯着嗓门生怕我听不见似的喊着："还要等四个车。"等十个车，我也得等啊，别人只洗车，我是不仅要洗车还要换车套，想求助于人总得有点耐心吧。我把手揣进衣兜里，安静地看他洗车。他先用水枪把车全方位冲刷一遍，喷上泡沫后，手握蜡拖把泡沫均匀地抹散，再拿水枪局部喷射，充分清洗，最后，他把一张深蓝的洗车毛巾拿出来抖一抖，开始擦车上的水……其实，这个洗车的过程和别处一样，但他有条不紊地把一个个步骤完成得很流畅，而且还一边哼歌一边干活，那旋律像是《速度与激情7》的主题曲，我心里赞叹道：这个洗车工很时尚很快乐嘛！

他在擦洗着一辆黑色的本田，那双湿漉漉的手被冻得通红，和蓝色的毛巾对比很强烈。这一幕让人心里陡增寒意，我不禁问道："天气这么冷，你怎么不戴个橡皮手套干活？"他笑了笑，露出一口白净的牙齿，停止哼歌，对我说道："隔着手套不习惯，总担心擦不干净。"这朴实的话令我肃然起敬，每一行都需要职业操守啊，哪怕是看似简单的洗车！

"你是老师吧？"洗车工打量着我，一边拧干手中的毛巾，"你是惠源学校的老师？"

我笑道："我是老师，但不是惠源学校的。"

"我觉得见过你，你到我们学校来监考过吧？是哪一年呢，我想想……"他说。

他这么一说，我倒是想起2012年的毕业会考时，我真的在那所学校监考。算起来，他也就去年才高中毕业。"你还这么小啊，怎么不去读书呢？"我是彻底的职业病患者，总觉得天下的孩子都该待在学校才正常……洗车工答道："我不喜欢读书，没考上大学又不想复读，所以来这里上班了。""那你喜欢现在的工作吗？"我本来想问你不读书后悔吗，幸好话到嘴边换了内容。

"喜欢啊！我从小就对车子感兴趣，我明年开始学修车，过几年想自己去开个店……"他说着，一边抬头望了望背后的蓝天，不远处，一辆动车正从高铁上飞速驶过。

我说："只要能做自己喜欢的事情，并且做好，就是很快乐很成功的人生嘛。"一说完，我立刻认真反思了一遍，这又是职业病患者的语言，但确实是我的心里话。

他听了高兴地点头，一边搬开坐垫麻利地拆着车套，我才发现，他已经在帮我换车套了，速度真的很快啊。

过了一会儿，他从车里探出头来说："老师，你去那边拿个干毛巾，先把坐垫下的灰尘抹一下，我去找点工具来。"

原来的车套是在另一家店里装的，所有的结都是死扣，小伙子拿了把工具刀，一点一点地拆开了。他把厚的车套蒙在坐垫上，从兜里掏出几个金属环，把每一个绳子扣在上面，从背面看，坐垫被五花大绑，正面却丝毫看不见绳子，他搁下最后一个坐垫，对我说："下次你要拆开车套清洗，把这些金属环取掉就可以了。"

确实是个很有责任心的洗车工！他很快装完车套，哼着歌去拿高压水枪了。

天空很蓝，阳光很明媚，此时，又一辆动车飞速向快铁站驶去。人们旅行的方式很多，可谓"条条大路通罗马"，这似乎和人生之旅一样，无论是以怎样的方式生活，重要的是，我们都该有个快乐的旅程……

——写于 2015 年 12 月

花 蕊 湖

　　都江堰市石羊镇境内有一汪水清如镜的湖泊，毗邻羊马河，属金羊社区所辖。这里空气清新，绿树环绕，亭台楼阁倒映水中，与岸上俯仰生姿的芙蓉花相得益彰，是一个养身休闲的好去处。

　　花蕊湖因后蜀王孟昶的贵妃花蕊夫人而得名，是花蕊夫人徐惠童年时代游玩嬉戏的地方。

　　相传，这一年盛夏的午后，青城县（今都江堰市石羊镇境内）首富徐匡彰躺在凉席上小憩，忽然喧闹之声不绝于耳，他辗转反侧无法入睡，凝神细听，那声音是从后花园的湖边传来的，似乎有孩子的叫嚷声，拍水声，难道是捕到大鱼了？徐匡彰不禁好奇地穿上衣服，朝湖边走去。

　　远远地看见一群小孩挽着裤腿踩在水里，正用双手撩起湖水

朝同一个方向泼去，为首的竟然是徐惠！太不成体统了！这贴身
丫鬟和奶妈哪儿去了？徐匡彰怒气上涌，正要发作，却见徐惠跳
上岸来，把那几个正要拉她的丫鬟婆子们的手一一推开，还对她
们比比画画地说着什么。

　　徐匡彰顿生了强烈的好奇心，他压制了怒气，索性站在树荫
里看个究竟。那群丫鬟婆子、家丁们在挽衣袖挽裤腿，然后脱了
草鞋踩进湖里，他们正照着刚才孩子们的样子在用手泼水。这是
在做什么？徐匡彰十分疑惑，定睛朝他们泼水的方向细看——那
个缺口处不是放着家里磨谷物的水碾吗，他瞬间懂得了女儿的意
图，于是，捻着胡须，嘴角露出会心的微笑。

　　在蜀国，水碾几乎是大户人家都有的农具，它利用水力碾压
谷粒，比一般石磨好用。徐家后院的湖泊正是天然的水源，一道
小的决口把湖水引到放水碾的沟壑里，湖水缓缓流动，带动水碾
的中轴转动，轴上有固定好的滚轮，滚轮在石盘里不紧不慢地旋
转，将石盘里盛放的谷物脱壳或去麸。徐惠跟一群小孩在水里嬉
戏，虽然小小年纪，却看懂了水碾的原理，刚才带领一群小孩泼
水，给水流加速，竟然让滚轮比平时转得快一点了，她还不甘心，
叫家丁们都到水里来玩她的"游戏"。

　　烈日当空，蝉鸣愈加响亮，笑意在徐匡彰的胖脸上漾开。他
显然不能知晓未来，更不会想到，几年后，他的娇憨的女儿参加
全国选美，一举夺魁，成为蜀王孟昶的贵妃。那以后，青城县的
人们就把这个无名的湖泊唤作花蕊湖。这是徐惠的名讳，这响彻

千年的名讳，任凭金戈铁马卷起滚滚黄尘，它总像这盛夏的湖水一样澄澈清新。

今天，喜欢探寻历史善于发现美景的你，如果来到石羊镇，一定会长久驻足在花蕊湖畔，遥想那位古典的女子，童年时活泼聪颖，青年时美艳卓绝，她正优雅地行走在历史深处。一阵微风拂来，那也是曾经拂动她衣袂的风……

——写于 2016 年 12 月

清晨的司机

赶着出门，叫了滴滴快车，刚换好鞋，手机就显示快车已到小区门口。匆匆下楼才发现，手机放鞋柜上了，再匆匆上楼，担心师傅催促，然而并没有。

我曾见过一位着急的滴滴司机，在去年冬天的一个清晨里。刚下单，就收到催促的电话，走下楼电话又响了，到小区门口时，电话已响了三次……居然是个女司机，可那粗鲁急躁的催促声分明是个男中音啊！尽管万分不满，我还是忍不住试探着问："刚才给我打三次电话的都是你？""不是我还有谁？你从下单到上车花了整整三分钟，你一直这么磨蹭？"她气呼呼地说。天，这是在回答还是质问？她一手扶着方向盘，一手捏着烟，那白色的烟雾正魔鬼似的四下升腾，我眩晕地问："你能不能灭了？"

她斜眼看着我，喷出一口雾来，"我一晚上没睡，就靠这香烟提神！"说着，车子飞速拐弯，顺势还剧烈地颠簸了一下。大清早的这么惊悚！到站了，还没停稳她就着急地说："你下车去付款，我要抢单了。"自那起，好久都没叫过滴滴快车。

此刻，门口停着一辆锃亮的伊兰特，年轻的司机正从半开的窗玻璃朝外张望，我说："久等了。"他笑着答："没事，才几分钟。"翘舌音很重，我随口问道："你是巴中人吧？"他有点激动地答："是啊，是啊，你怎么知道？"我告诉他，有个同学是巴中的，和他说话一个调子。小伙子像是遇到乡亲一般，给我讲刚才那单生意里，因为口音的缘故，没有沟通好路线，乘客没说啥，下车就给了个差评，公司一百元奖励瞬间就没了……

要是早知道这个就好了！上次该给女司机差评。——我恶作剧地想。于是开玩笑道："你应该打电话把他臭骂一顿。""算了吧，只怪运气不好，大多数时候还是好人多。上周我捡到个苹果手机，把它送还给失主，他感动得一定要请我吃饭，还说要送面锦旗搁我车上。"司机不紧不慢地讲，仿佛在说别人的事。我环顾车内，没有锦旗，这失主是好人，还是司机是好人哪？我一直觉得自己是好人，这一刻忽然发现离那"好"字有很大的距离，至少欠缺着"豁达"。如果能从容地面对过去的不愉快，或许才能如眼前的司机，能够在每个清晨里享受云淡风轻了。

正值上班高峰期，沿途堵车，时间很紧迫。司机热心地安慰道："你说的会场是在环山路上吧，我以前在那里打工，放心吧，沿着内二环过去，绕远点，但不堵车。"当然愿意走车少的路！一路上果然顺畅。拐了几次弯后，看到指示牌，会场在路的左边，依山而立。"你等我调头后再下，免得走过去耽搁时间。"司机说。他见我在拿手机，又补充道："你赶时间，不用急着付款，等有 Wi-Fi 时再付也不迟。"

我向他致谢，他微笑着挥手告别。远远地，几位参会人员匆匆朝这边赶来。瞬间觉得，这个认得路的司机让饱含露珠的清晨更美好了。他的车缓缓驶过，路旁，一簇紫红的三角梅正迎风摇曳。

总会遇见一些不同职业的陌生人，他们平凡得不为人知，不被人记住，转身离开后，几乎会隔着永不相见的距离，然而，总有一些善意如同清晨的阳光，在不经意的微笑里，在真诚的对话中，给人以温暖，让人深受感染，也希望把这样的温暖传递……

——写于 2016 年 5 月

陈 老 太

　　陈老太摆地摊已有十来个年头了。七十六岁的她，每天晌午收拾完毕，就提个包袱来到镇上的大槐树下，那是一块空地，来来往往的人多。大槐树伸展着绿荫，下面搭着几个条形的石板供人休息。

　　她缓缓地把包袱打开，铺在石板上，这是一块洗得发白的蓝布，里面包着鞋垫、袖套、袜子等物件，再打开里面一个小包袱，装的是婴儿线帽、鞋袜。维持生活的路越来越窄了，这地摊生意越发不好做。年纪大了，眼神不济，现在卖的大多是女儿从城里市场批发来的小东西，凡是有点讲究的人都不来地摊上买了，但陈老太坚持摆摊，只要不下雨，她每天都来这里。

　　这天，她迟疑着没出门，坐在屋里叹气。昨天收了一张崭新的假钱，一宿没睡，早上起来就为这事犯愁。陈老太卖的都是十元以内的东西，好久没遇到过红色的大钞了。那个买婴儿线帽的年轻妇女，看上去很面善，还关切地问她摆摊冷不冷。这笑容把陈老太感动了，她捏着那崭新的百元大钞，看着那微笑的毛主席头像，有点激动地把裤兜里的塑料口袋掏出来，一张一张地，拿了五张十元，六张五元，十张一元的，数了两次才递给妇女，妇女笑笑说："一张钱换了这么多张回来，买个线帽划算啊！"

陈老太想起这话，心里更堵了，线帽白送，还送了九十元钱给她，这么多天守摊，都成竹篮打水了。

那女的走了以后，陈老太把百元的新钱拿出来，在手掌里摩挲着，新钱哗哗地响着，比自己粗糙黑瘦的手要光滑得多啊。挂拐杖散步的张老头说："陈老婆子是不是收了张假钱，在那里瞅啥呢？"陈老太一听，心里就凉了半截，再看，可不是，这钱太新了，和往常的不一样呢。她有点哆嗦地递给老张说："你给看看，这是不是假钱？"张老头举着那张新钱，对着天空看了看，又揉捏了几下，说："我可说不准，就觉得像是假的。"

陈老太想起，上个月女儿回来，给她带了点货，还给了她一百元钱，叫她天冷就不要去摆摊。陈老太没舍得花那钱，搁在柜子底下，上面压着件旧毛衣。

昨晚回来一比较，就发现这两张钱不一样，颜色不同，摸起来也不一样。张老头不是说过，这假的比真的还好看！她叹着气，懊悔着，唉，当时怎么不叫旁边的人帮忙看看这钱？

现在怎么办？她想把它花出去，哪怕买个贵点的东西，能找回来几十，损失也小点啊。可是，买啥呢？她揣好钱，心神不宁地上街了。

路边卖卤菜的正用白毛巾抹着菜板菜刀，她蹒跚地凑过去打量着玻璃窗里油腻的猪头猪蹄，"今天太阳从西边出来了，陈老太来点卤菜，一个人慢慢吃？"卖卤菜的对她笑道。她已经记不得啥时候买过卤菜，她舍不得花钱，一听到这话就觉得人家看穿了她，耳根发烫，只好慢慢走了。

一家服装店门口，挂着几条围巾，那条藏青色的看上去十分厚实，她过去摸了一下。化妆很浓艳的女店主头也没抬地说："三十八块。"她赶紧缩回了手，改天叫女儿在批发市场里拿几条吧，自己围一条，其他的拿来卖。

陈老太转了一圈，也没把钱花出去，她不知道该买啥。路上还遇到个老太太问她今天没摆摊？别人无意地这么一问，她心里却像打鼓，仿佛那坑人的想法被大街上所有人都识破了一般。她心里越发地慌。

正想着，一个挑着白菜的老头迎面走过来，老头说："老大姐买棵白菜？今天出门迟了，现在还没开张。"说着，就利索地搁下担子，陈老太挑了棵叶子裹得紧的白菜递给老头称，"三块二毛，你给三块就行。"老头说着，边上就围过来几个买菜的。

陈老太掏出塑料袋来，这才发现刚才把假钱和女儿给的一百都搁在袋子里了，除了这两张钱，还有几张皱巴巴的一元票子，数了数，有五张，她迟疑着，想把假钱花出去。看那老头一边在称白菜，一边用手背抹汗，唉，这大冷天的，不容易啊，怎么能做这昧良心的事呢。她递过去三元钱，拿着白菜走了。

该去哪里呢，陈老太想着，感到一阵头晕，就在街边一家诊所门口坐下来。"这老太太是病了？脸色这么差。进去给李大夫瞅瞅。"有个带孩子看病的中年人对陈老太说，一边把她搀起走进屋里。陈老太想说自己没病，就是惦记那钱，可是张不开嘴，只好任由中年人扶她到李大夫跟前坐下。大夫说她有点感冒，回去多喝水，别顶着冷风走，一边开始写处方。

陈老太觉得自己身体好着呢，怎么会生病，都是这假钱闹的，作孽！"八块钱。"李大夫拨着算盘，报了个数字，把处方递给药柜那边的儿子，转身去看别的病人。陈老太又摸索着，掏出兜里的塑料袋子，打开，拿出两张红钞票，她的手颤抖着，真想把那张新的递过去啊，心里挣扎着，还是把旧的抽出来了。

"哟，老奶奶时尚，还有一张土豪金！你给我这张新的行不行啊？"李大夫的儿子睁大眼睛，兴奋地说。

啥金？陈老太疑惑地看着他——干吗要假钱？是可怜我这老婆子？还是逗我啊！陈老太拽着一新一旧两张钞票，不知该递哪张。

"给我拿点感冒冲剂。"陈老太正在犹豫，有人进来买药，是卖豆腐的小林子。他一边掏钱，一边瞅着陈老太，眼光就落到那张新钱上不动了，声音也提高了："哟，陈老太，新版的土豪金啊！来，咱俩换一张怎么样？"

陈老太还没来得及回答，李大夫的儿子已经递过来一把零钞，"陈奶奶，这是要找你的 92 元，你把土豪金给我。"说着，飞快地抽出那张新钱，一边对小林子笑道，"要有个先来后到嘛！"

陈老太看着这把旧钱，缓缓舒了口气，觉得轻松多了，头也不晕了，她想，那药，还要吗？

——写于 2016 年 4 月

亲爱的同桌

吃过午饭，手机忽然响起，是一个陌生的号码，但是来自亲切的家乡，一个试探的女声，说是高中同学，问我能否听出她是谁。据说很多电话上的骗局都是这样开头的，但那一刻，我站在走廊前，骄阳似火，心里如同潮水翻涌。这个陌生的号码带来多少往事里的和风，多少青葱岁月里的回忆。

毕业近 20 年了，20 年没见的人，声音几乎都不能识别了，但这个声音，温和、柔软，——"是余萍吗？"我惊喜地问道，这个名字是灵光一闪出现的。

脑海里立刻出现了我们曾经同桌的情景，她和我一样的瘦高，一样身体不好，我俩成绩差不多，性格也差不多，都是那种在陌生人跟前装文静，一到朋友面前就是个"人来疯"。

有一次，我的脚趾甲陷进肉里，遇到庸医非要拔掉趾甲，那痛苦有多痛，已经记不得了，但是与之相关的时光却是历历在目。余萍当时正好小腿摔伤了，我俩天天一瘸一拐地从寝室到教室，从教室到食堂，正好惺惺相惜。我有华的照顾，余萍却全靠自己，她比我坚强。

高三的时光，每一分秒都很珍贵，下课和上课几乎没什么差别，有天晚自习，我俩忽然都想去走廊上透透气，就互相支撑着，踮着脚，缓慢而艰难地向门口走去。经过讲台时，正在书海徜徉的同学们终于发现了我俩，教室里就响起一阵善意的哄笑声。后来大家说，我俩都是竹竿般的模样，靠得很近，一瘸一拐，样子十分滑稽。我向来敏感，觉得大家毫无同情心还嘲笑我俩，没走出教室门，眼泪就掉下来了，可是余萍却拍拍我的肩膀说："他们笑我们，我们也笑他们，一群书呆子，下课都不知道休息……"那是一个秋天的雨夜，路灯散发着清冷的光，斑驳的树影映在教室外墙上，余萍青春的脸庞上却是满满的笑意，我被深深地感染着，立刻释然了，似乎还嗅到一阵邈远的桂花的清香。

那时，文科重点班里，教室里是满满的毕业生，桌椅把教室里的空隙似乎都填满了，然而不到两周我俩就要做一次清洁卫生，每次是四个同学一起打扫，我起初没有察觉，后来就有一种受骗的愤怒。我发现那个劳动委员安排打扫卫生的时候把和他关系好的同学给排除了，所以剩下的人就会频繁地打扫，这使我义愤填膺，想都没想就在纸上写了一个大大的计算题，用班里的人数除以每次打扫卫生的人数，气冲冲地拿着要去找班主任老师，余萍要比我平静，尽管她也很愤怒，她说，我跟你一起夫老师那里。余萍的性格没我那么激烈，但她很仗义，坚决支持我，令我十分温暖。我俩赶往老师的住处，然后我噼里啪啦地跟老师讲了我的发现，事实上，我们至少要三周才应该轮流打扫一次卫生，大约是我说得太急太快了，老师有点莫名其妙地看着纸上低级的数学题，余萍就慢慢地把我的话又讲了一遍……后来我想，那个男同学肯定恨死我了，但他不会恨余萍，她那么善良温和，待人处世比我好了不知多少倍啊。

终于毕业了，七月流火，夜晚的校园却寂静得有些伤感，高一高二的学生都回家了，这是一个毕业前的周末夜晚。我和余萍刚走到宿舍楼的大门外，就有一个声音在后面恰到好处地响起，稍微晚一分钟，我们就走进去了。那个声音刚好可以把余萍留在大门口，是一个高个子男生，叫什么名字我已经忘记了，总之，不是我们平常所欣赏的那种类型，他很腼腆但很坚定地问余萍："可以跟你说几句话吗？"我犹豫地看了余萍一眼，安静地离开了，没过两分钟，余萍就惊慌失措地跑进来说："吓死我了，他说，他说……""说什么呀，你快说啊。"我被她的样子吓得不轻，根本没有思考就着急地打断她。"他说，他说，喜欢我，很久了，毕业了才来说。"我不禁哈哈大笑，问道："那你怎么说的？"余萍说："我吓了一跳啊，什么都没说就赶紧跑进来了。"

我俩闲聊了一会儿，很快把那个向她表白的男生遗忘了。

　　窗外的星空很亮，墙角似乎有蟋蟀的鸣叫。我们靠在宿舍的小床上，一遍又一遍地听着小虎队的歌——

　　终于还是走到这一天

　　要奔向各自的世界

　　没人能取代记忆中的你

　　和那段青春岁月……

　　那歌声深入灵魂，以至于每当我想到高中时光，这一段旋律就在心里低回婉转，久久地萦绕。

　　后来怎么样了，我不知道。余萍说她老公是我们当年同届的同学，我立刻想起那晚那个腼腆的男生，余萍说不是那个，可是又是哪个呢，她说了名字，我却不知道这个人。余萍当年多么单纯和清澈，一如今日她的笑声，我们说起那些恍如昨日的往事，感慨时间过得多么快。

　　阖上电话，我仰望头顶的蓝天白云，想起那远去的光阴里远去的笑声，不禁在心里祝福道：亲爱的同桌，愿你的生活依旧明净如水。

——写于 2013 年 5 月

对你的欺骗，我从未后悔

　　黄昏时，陈洁驱车来到我所在的小城，说是要"洗肺"。"那我先洗洗耳朵，听你不同凡响的经历！"我笑道，在茶坊窗前坐下，点了她喜欢的苦荞。我们见面少，但一直保持着学生时代的友情，陈洁的善良和率真从未因生活的锤炼而有过丝毫的泯灭，在物质至上的时代，我认为这一点无比珍贵。

　　"不堪回首还差不多。"她摘下眼镜，一边擦拭着灰尘，一边笑道，"不能写真名，我那火锅店名也不能写。"

　　我说那是肯定啊，你废话少说，赶紧讲吧。

一

　　孩子上中学住校后，我琢磨着不能只靠老公挣钱养家，总想找个生意来做。有天晚饭后散步，独自走了很远，见一家关着门的火锅店贴着"旺铺转让"的广告。我看那里地段还不错，照着电话打过去，对方姓朱，是个女的，中气十足地说，生意一直好得很，就是没时间打理，转让费十八万。我们约好第二天见面。

　　我到店外的时候，朱姐正把一辆红色的宝马停在路边，她一边热情地跟我打招呼，一边打开店门。店铺里装修精致，设备齐全，据她讲，火锅店由妹妹和妹夫打理，自己跟房东有五年的合同期，才做了半年不到，最近，妹夫老家正临拆迁赔款，很多事情没谈妥，只好把旺铺转让出去。她把名片递过来，上面写着××保险公司销售主管朱琼。

　　她谈吐得体，还善于修饰打扮。你知道，我没上过大学，对于有文化的人，我怀着与生俱来的敬仰。

　　她详细地介绍着店里的经营情况，有时候也顺带着讲讲家庭，她老公原是某公司的副总，现在退休在家，但从不管生意。唯一的儿子在英国留学。

　　落地的玻璃窗外，车来人往，不远处密集的电梯公寓直插入云霄。我庆幸自己遇到一单这么好的生意，便跟她谈价钱，最后以十五万转让费成交。

　　我在网上下载了一份合同，她找来房东，我们准备签字。我把所有的证件看了一遍，除了房产证，其他都是原件。"不怕你笑话，我俩在闹离婚，对方提防着我卖铺面和家里的房子，房产证都不给我。"房东气恼地说。朱姐点头附和，说这个情况她一直都知道。我离开座位，给老公打了电话，他说没看到原件不能签字，我说你不知道人家朱姐多好的一个人。

我想着怎么给朱姐说，她却拉着我的手笑道："小陈啊，我有个想法，早就想跟你谈了。这几天跟你接触，觉得你是个实诚人，我呢，也舍不得这个铺子，要不，我们合伙做怎么样。你不熟悉这一行，我带你一段时间，你管店铺的经营，我做过会计，就管账目，这样，你就给七万五的转让费，我也可以保留这个店铺。"

我心里感激得不得了，人家一下子就替我省去七万五的转让费，还要带我做生意，这样的好事哪里去找啊。按照她的说法，我们重新签了一份合同。

二

朱姐把原来辞退的员工召回来，我才得知，她是个极为能干的女人，和朋友合伙开了个家政公司，自己做保险，每天晚上到火锅店管账，空余时间还在微信朋友圈里卖时令水果。

店里的食用油用量很大，每次买六七桶，都由小李骑着三轮车专门跑一趟从超市拉回。朱姐说超市里贵，打个电话就有人送便宜货来。我坚持说餐饮业靠的是良心，大型超市里卖的油贵一点，但质量更有保证。朱姐夸我心眼好，说跟我合作非常放心。

我们店里有一种叫蛋饺的小吃，很受顾客喜爱。小李先把鸡蛋炒好，晾在盆里，冷了再拌上韭菜，夹在薄薄的面皮里，在油锅里煎成两面金黄。那天下午，小李吃惊地喊道："陈姐，你来看看这个煎蛋是怎么回事？"我凑近一看，顿时傻眼了，煎鸡蛋全部成了酒红色。趁着店里没有顾客，我赶紧去便利店买鸡蛋来重新做。后来几次煎出的鸡蛋都是金灿灿的，但是一搁上二十分钟，颜色都会慢慢变红，最后根本看不出是煎鸡蛋的样子，我们才明白是油出了问题。奇怪的是，这个油做火锅做别的菜品，并没有任何异样。

为了做账，所有的发票都在，我们联系超市的负责人，他们找来各种鸡蛋，反复做了很多次试验，最后还是一样的情况。我建议负责人把这个批次的油全部召回，他说这是超市的事情，不用我操心，问我要怎样解决。我说，希望得到一个真实的检验报告，证明那种油对我们和顾客的身体无害。负责人皱着眉头并不说话。朱姐把我拉到一边低声说道："你傻呀，这话你听不出吗，他们想私了。我们该想办法敲他们一笔，叫他们赔偿损失。"我觉得没有什么大的经济损失，但身体的损失，谁能赔偿呢。负责人不理睬我，就去和朱姐沟通，他们达成协议，赔偿我们两万块钱。

我渐渐感到，朱姐并不像表面上那么知书识礼，她慢慢暴露出唯利是图的本性来，心情不好就说脏话辱骂员工，但我一想到她帮我省了七万五，就觉得这些微不足道。

她一般是晚上才到店里，有天早上，她来拿头天晚上忘在店里的围巾，快出门时，忽然扭头问我："小陈，怎么少了两个鸡蛋？是你吃了？"我忙着给送菜的付款，又安排小李把菜品整理出来，没来得及回答她，她提高声音又说了一遍，小李接过话茬："朱姐，就算陈姐吃店里两个鸡蛋也很正常啊，还值得计较吗。"朱姐很不高兴地训斥道："我问她，关你啥事？一个打工的话多！瓜娃子！"小李丢下手里的东西说："算账！我一个打工的，今天不伺候人了！"我劝住小李，朱姐一脸怒气，嘭地关上车门绝尘而去。我看着那筐鸡蛋，不知道怎么就少了两个，难道她昨晚数过？

三

生意还算可以，每月把开支除去，我们可以分四五千块钱，我觉得累得很值，干活也愉快。

一天晚上，我把最后的垃圾清理完时，员工已经走光了。朱姐叫我坐下，很温和地说："小陈，这几个月来你也很辛苦。你知道我事情多，没时间照看店里。我现在想把生意转给我表弟，让他来和你合伙，这样也有人来帮你。"我不明白她的意思，以为是说客气话，又担心她真找个不熟的人来合作会很麻烦，就赶紧说："朱姐，不用转，就这样也很好。我只干点体力活，你管账目也是很费神的。"她说："店里的事情我真不想管了，我要去英国陪儿子。"

我不再说什么，朱姐看着我，低声说道："其实，这个店的合同期快到了，房东不允许转租。"我吃了一惊："那你怎么跟我说租五年？""唉，小陈，你自己当时那么急切地要做生意，这个不怪我哈。我是租五年啊，可我自己做了四年多了。"

我的心霎时凉了半截，花七万五，才做三个多月，房子就要到期了？

朱琼瞅着我，推心置腹地说："你放心，我不会亏待你。我帮你把本钱拿回来嘛。"

她说，再写个"旺铺转让"，只要有人来不就成了。我愣了半晌没说话，难道她要我合伙欺骗别人。

最后，她意味深长地说："小陈，这可是为我俩都好，你千万别犯糊涂哈。"

晚上翻来覆去睡不着，我没敢给老公说。一想到当时奋不顾身地扑进这个骗局，又后悔又气恼，却又没奈何。但我还不至于傻到为了钱去犯法。

我悄悄去了派出所备案。民警听我叙述完，只说："你这个事情没有证据，无法立案，况且，你一直和别人合伙做着生意，说不上是被骗。"我悻悻地离开，看着乌云密布的天，只觉得陷入泥潭，已经看不到希望。

几天后的一个下午，她把表弟何正强和房东叫到店里，又签了合同。我这才发现，上次的房东和这次的房东根本不是一个人，上次的证件和合同和这次的也完全不一样！她用表弟的假身份证和真房东签了转让合同，慢慢地就要把自己撇出这件事了。这个可恶的骗子！

可恨我那么信任她，真是被人卖了，还帮着数钱。回想起签合同的细节，只怪自己傻，而那次的炒鸡蛋事件，她的贪婪本性已经暴露无遗，我怎么就没有看出来！

"旺铺转让"的广告已经贴出去了，我心不在焉地干着活儿。一想到自己眼睁睁被骗，多么不甘心啊！

我看着那个广告，恨不得把它扯下撕个粉碎，可这能解恨吗？

想了半天，一个计划渐渐浮上心头。我又悄悄去了一趟派出所，把几天来的情况详细说了一遍，还说了自己的计划。民警耐心地听我讲完，忍不住笑道："你这个计划听上去不错，但是你不能碰钱，否则很容易被对方说成是你诈骗，金额大了，甚至会涉及量刑。"

四

晚上睡不好，我就拿笔把设想的过程写下来，反复地预想着种种细节，生怕哪里会出漏洞，也怕被她看出来。朱琼已经很少来店里，何正强下午来店里管账，他不怎么说话，偶尔抬眼看着我。我没敢再去派出所。

我把同学王婷和丈夫约到家里，给她讲了事情经过，又叫了老公的几个铁哥们儿，我已经不能再对老公隐瞒，好在他并没责怪我。我们在家里商量着，反复讨论其中的细节会不会有破绽。

准备得差不多了，早上我打电话告诉朱琼说："有个叫王婷的来看了铺面，说想转租。"她高兴地说转让费十二万不能少，谈妥了先给两万定金。于是约好下午在火锅店里谈。

朱琼带着何正强的老婆，王婷也带着几个朋友来"看"店铺，他们很认真地讲价，朱琼坚持要十二万才转租。

王婷慢慢数出两万定金给朱琼，我暗暗用手机拍下视频。朱琼这次成功地扮演了房东，她拿出的所有证件竟然全是原件。他们坐在那里签合同，我再次暗暗拍下视频。

我瞥了一眼门外，对面两辆车里，几个朋友在等着相机行事。

王婷说，余下的十万通过银行转账。朱琼把何正强夫妇留在店里，自己和王婷夫妇去银行。

他们四人出去后，几个朋友就把他们跟上了，王婷自然不会真的转账，尾随而去的几个大男人无非是要确保她的安全。我慢慢收起证件，对何正强说："所有的经过你都清楚，我完全可以控告你是同犯。现在证据我收齐了，也没有别的要求，只希望你们表姐把骗我的钱全部还回就行。"何正强很吃惊，我把视频点给他看，他如梦初醒，此刻，另外几个朋友已经走进店里，何正强恼羞成怒道："你们这些骗子！我要去告你们。"我说："谁是骗子，你比我清楚，你省点工夫，给你表姐打个电话，叫她不用去银行了。"他的老婆开始发抖，她略带哭腔地喊道："我们什么都不知道，都是按表姐的说法照着做的。"

我拨通朱琼的电话，递给何正强，他语无伦次地说："他们……啥都知道了，退钱，姐，你退钱他们才放我！"电话那端朱琼在咆哮。

王婷一回来就大笑起来，说朱琼接完电话，脸都成了酱紫色，今天简直跟拍电影一般刺激。我们商量了一下，觉得事情没那么简单，朱琼肯定不会把钱送过来。我让朋友们守住何正强夫妇，赶紧去派出所报案。

派出所里，朱琼正在歇斯底里地向民警倾诉："我那表弟被他们控制住了，还叫我拿二十万取人，这骗子太可恶。"我感觉肺都快气炸了，我说："朱姐，你不要在这里演戏，谁是骗子你还不清楚？我早就在这里备过案了。"民警乐了，"嗬，原来你们说的是同一件事！"他随即抬高了声音，"朱琼是哪个？先关起来。"朱琼傻眼了，她开始哭诉和咒骂："陈洁，你会后悔的，我的钱没那么好骗。""把骗子骗了，有什么后悔的？！"我不客气地回敬道。

民警说："你也不能离开，得先关起来。"

朱琼见我进去，挖苦道："你装老实装得像，够狠！"我说："我只想要回被骗的钱。"

后来得知，民警去朱琼家里又搜出了一些伪造的证件。她老公气得哆嗦，说自己根本不知情。他向我道歉，求我看在以前合作的份上不要起诉他老婆，说她财迷心窍，绝对是第一次。我说，除了九万五，我一分钱都不会多要。他迅速地把钱打到我的账上。

一周以后，我再次路过火锅店，门关着，那个"旺铺转让"的广告还在，这次她会以实情相告吧，可是，不到半年的租期，谁会愿意去租？

想想几个月的经历，便自我安慰：也是长见识了！

五

陈洁抿了一口苦荞，笑道："还是你的工作单纯，不容易遇到骗子。"我笑："骗子何足惧怕，你不是把骗子也骗了吗？"

"我一直相信，人在做，天在看，心好的人运气不会太差。"

——写于 2016 年 12 月

深圳印象

这一次，是忽然决定来深圳，在妹妹家里，住宿和吃穿不愁，她还陪着逛街，以致我乐不思蜀。

原来，深圳和我曾经想象的不一样，天空蔚蓝高远，令人无限遐想，白云悠悠，时而洒下投影罩住摩天大楼，空气纯净，眼界开阔。道路总是很干净，树木高大蓊郁，苍翠欲滴，花朵也是那么繁盛张扬。无论在什么车上坐着，我总是习惯地观望高楼，一如刘姥姥初进荣国府……望之蔚然而深秀者，望之奢华而大气者，均是深圳啊。

没到深圳，不知道什么是美女如云，无论是上班时间的地铁里、下午人潮攒动的商场里，还是夜幕降临后的大街上，总能看见许多穿着新潮、气质优雅、容貌俱佳的女子从容穿梭在流光溢彩的灯下，那一刻，我总会想，倘是我湮没在人群里，妹妹一定不能像过去那样轻易用目光把我捞出来。

这个城市的人们总是彬彬有礼，服务行业尤其突出。洗头发的小妹总是嗓音柔和地询问水温适合吗，轻重还可以吧。百货商场的店员会亲切地关照着你试穿衣服的每个小细节，这个颜色适合你，那个款式更时尚，一切是那么自然而然，全然不像冲着你包包里的钱，却仿佛邻家女孩一般清新纯净。每天进出时，妹妹楼下的高大帅气的年轻保安总会训练有素地问好，并主动开门关门，这些，总令我想起高速路口上那句平淡而热烈的话——深圳欢迎你。是的，深圳仿佛是张开手臂的，对每个初来乍到游玩的人，对每个一腔热血打拼天下的人，对每个平凡生活着打算安定居住的人……这里的消费更加印证了顾客至上，这里的生活更加促使了文明与素养的提升。

这是个现代气息浓郁的城市，然而，我却好多次在街头听见温婉悠扬的古典音乐，全然没有嘈杂喧嚣。公交车上我听过《梁祝》《春江花月夜》，地铁口放的是《甜蜜蜜》，商场里流淌的是班得瑞的《童年》……国际化的大都市里竟然还有怀旧的情结，这使传说中的印象由浮华、奢侈变成了高贵典雅。

据说，深圳的男女比例是 3：7，这个数据没有验证，不知道是真还是假，但我确实觉得这个城市里女人多于男人，并且总会为这个城市生活的女子而肃然起敬，无论她们来自冰天雪地的北方还是草长莺飞的江南，无论是出类拔萃的白领丽人还是平凡普通的打工一族，要在这个钢筋混凝土构筑成的五光十色的城市里寻求梦想，找到真爱，无疑要付出比其他任何城市都要大的代价。她们在上班时间里做出骄人的成绩，下班后还得为食宿而行色匆匆。她们无疑是坚强而智慧的女人，她们的生存能力无疑是超越男人的。透过她们的背影，我看到，热闹非凡的城市背后无数张疲惫孤独的脸……

白天，这个城市节奏明快，没有任何拖泥带水。夜晚，它更加变幻多姿、纷繁复杂。我曾见过很多路段的大树下，有倚着自行车站立的警察，暗红的警灯在特制的自行车上闪烁，映照着他们执着锐利的目光，他们的坚守生活一定很乏味，可是乏味又意味着这段路的宁静与安定。我不知道这是否是深圳特有的风景，只觉得，对于陌生的城市，我看见警灯闪烁心中多了很多从容的感受。

夜幕降临时，我也曾路过喧闹的天桥，那里有各种便宜的地摊货，常常是穿着朴实的女子在叫卖，我猜她们白天一定也在某个工厂里忙碌工作，为了生存，夜晚还得在盛夏的热气里疲于销售，不能不令人感慨。有一次，我还看见一个十岁左右的小男孩睡在地摊的旁边，周围那么吵闹，小孩就睡在人来人往的天桥，睡得很沉，仿佛很香甜……那情景令我难以忘记。深圳，这个夜晚灯火辉煌的城市，有没有一盏灯在为他们点亮？过了这一晚，是不是还有很多夜晚里都有这样疲倦的母亲和小孩？

我曾在大梅沙金色的沙滩上奔跑，面对宽广无垠的蓝天碧海，心潮澎湃，想堕入海水忘记时光……那里，人头攒动，喧嚣沸腾，人们尽情享受冲浪的惬意、海水浸泡的舒适。我在黄昏时还看见门口的荧屏上计数的字闪烁变换，那一刻在大梅沙海滨公园的游客有一万九千多人。然而，当我在水中遭遇几个浪头以后，终于知道什么是随波逐流，什么是海水的涩与苦，那在风口浪尖能伫立的人一定是真正的弄潮儿，而深圳的生活也是如此吧。

对于深圳，我只是匆匆的过客，这个城市五彩斑斓，或许我只在短短时间里窥见了一斑，还只是带着自己的眼光和喜好。

风掠过水面，时光掠过年轮，而我，路过深圳……

——写于 2011 年 7 月

老镇旧事

我的家乡坐落在嘉陵江畔，是个历史悠久的老镇。我从小就听说了很多镇上的旧事，时代变迁，世人来去，旧事轮回，感觉只有那滔滔东去的流水依旧如同镜子折射出岁月的伤痕……

关于何大小姐的故事，我常常听老人说起，在他们的描述中，我的眼前总是浮现出画里、电视里才有的情景。

何家小姐的父亲是当时的大地主，据说他乐善好施，我们镇上很多贫困人家都得到过他的救济。他也很开明进步，让女儿读书、写字、管理商铺。何家大小姐美丽而善良，嫁入与之门当户对的吴家后，经商理财更是令人刮目相看。吴家少爷的曾祖是清朝的探花，到他这一代时，吴家虽没了官场的显赫，却因为贩卖布匹而家财万贯，据说当年的顺庆府最繁华的街道多半都是吴家的地产。

何家大小姐本来应该很幸福的。

然而世道变迁往往能毁灭许多显赫的家庭，也能毁灭一位美丽善良的平常女子的普通幸福。

何家小姐在嫁入吴家后，吴家的生意曾一度到达鼎盛时期。我们镇上的老街坊说，那时候人们以到顺庆府吴家做工为荣，他们靠着织布、印染养活自己在老镇上的家人。

因此，到了斗地主、分财产的年代，没有一户乡民去指责他们家，哪家人没受过何家或吴家的恩惠呢。但政策是要执行的，即使没有人去"揭发"，她家的显赫也是人尽皆知。财富人人渴望，可是那个时代，财富竟然成了罪恶。吴家的万贯家财，一夜之间全部易姓更名……那些在吴家、何家做事的，甚至有因为脱离贫穷而导致被划为富农的结局。斯文扫地，优雅不再，何家小姐几十年济贫救弱，到中年却被夜夜批斗，白天被拉着游街……老镇和嘉陵江一片黯然，凄风冷雨中，人心惶惶。

何家小姐仅有一兄弟，比她小几岁，却和她的秉性完全相反，那时候也是其父母忧心忡忡的根源。她这位兄弟，吃喝嫖赌样样在行。在何家小姐出嫁后不久，地主父亲得肺病死了。她的兄弟变本加厉，很快把家产赌个精光。

吴家在顺庆府的财产被全部充公之后，何家小姐回到镇上，但娘家也早已经家徒四壁，这主要源于迷上赌博的弟弟。不过，何家小姐被批斗时，兄弟却由于没了财产做了"贫农"而免于游街……那真是一个奇怪的年代啊！

何家的房屋很快也被分给镇上的穷人。据说，上个世纪60年代末，有人改建房屋，在屋子墙壁的夹层里还发现过大包的银圆，人们估计应该是何家老爷当年为防止儿子败家后无以为生，特意留下的。只是没料到落入别人手中。有人劝何家大小姐去要回自家的钱，那时她也在穷困潦倒之时，但她知道这事后神色平静，经过风雨坎坷，她早已看淡了一切……

当我见到何家小姐时，她已经年过古稀，背很驼，脸上皱纹密布，眼睛周围有岁月留下的很多沟壑。经过大半个世纪的风雨，她的眼睛却深邃而宁静，宛如一口清澈的古井。

那天放学后，我到玉儿家做作业。我们握着毛笔，按照老师的要求学练书法，我们一边在调整握笔姿势，一边嘀咕着老师的要求不近情理。玉儿的奶奶在一旁补着玉儿划破的衣服——那是玉儿爬树时候在树上挂的口子。玉儿奶奶见我们不大用心，就在旁边教训道："要练字，先坐正！"我们几乎是被她的威严给镇住了，都没再吭声，悄悄写起来。玉儿奶奶很快补好了衣服，走过来看我们写字。那天我写得很认真，玉儿奶奶夸奖了我一番，并且很高兴地拿起笔在我本子上写了几个字。那一瞬间，我几乎是惊呆了……玉儿奶奶的字比老师还写得好！她头发花白，手腕枯瘦，写起毛笔字却从容淡定，游刃有余。

我们写完了字，玉儿去拿起她的衣服，而衣服上的那道长长的口子似乎消失了，取而代之的是一枝长长的梅花，鹅黄的花蕊清晰可见……我在那一刻几乎是对玉儿奶奶充满了无限的崇拜。

回家后，我父亲检查我的作业，一看那写字本就高兴地说："你看你老师字写得多好！"我说："是玉儿奶奶写的。"我满怀遗憾地接着说："你看，玉儿好幸运哦，有那么厉害的奶奶……"父亲说："玉儿的奶奶就是解放前的何家大小姐。一般的人怎么能跟她比啊！"

曾经在我家乡因满腹才华而显赫有名的何家大小姐平静地走完了她曲折的一生。她前半生持家有方家世显赫，后半生命运多舛但刚毅坚强，她很不幸地在那个时代里失去了自己在商场上叱咤风云的机会，幸运的是她晚年儿孙满堂，他们都对她恭敬孝顺……

——写于 2013 年 7 月